Prometeu Acorrentado

e

Os Sete Contra Tebas

PROMETEU ACORRENTADO
Título original: *Prométhée Enchaîné*
Copyright da tradução © Editora Lafonte Ltda., 2024

OS SETE CONTRA TEBAS
Título original: *Les Sept contre Thèbes*
Copyright da tradução © Editora Lafonte Ltda., 2024

Todos os direitos reservados.
Nenhuma parte deste livro pode ser reproduzida sob quaisquer meios existentes sem autorização por escrito dos editores.

Direção Editorial: Ethel Santaella
Revisão Rita Del Monaco
Diagramação e capas Marcos Sousa
Imagens de Capa Wikimedia Commons:
Coleção: Antonín Procházka - Prometheus 1911
Avulso: Prometheus aan de rotsen van de Kaukasus geketend -1566 - Rijksmuseum

---

Dados Internacionais de Catalogação na Publicação (CIP)
(eDOC BRASIL, Belo Horizonte/MG)

E77p Ésquilo.
Prometeu acorrentado; Os sete contra Tebas / Ésquilo; tradução Ciro Mioranza. – São Paulo, SP: Lafonte, 2024.
128 p. : 15,5 x 23 cm

Título original: Prométhée Enchainé; Les Sept contre Thèbes
ISBN 978-65-5870-574-1 (Capa coleção)
ISBN 978-65-5870-577-2 (Capa avulso)

1. Filosofia. 2. Teatro grego. I. Mioranza, Ciro. II. Título.
CDD 882

Elaborado por Maurício Amormino Júnior – CRB6/2422

Editora Lafonte

Av. Prof ª Ida Kolb, 551, Casa Verde, CEP 02518-000, São Paulo-SP, Brasil
Tel.: (+55) 11 3855-2100, CEP 02518-000, São Paulo-SP, Brasil
Atendimento ao leitor (+55) 11 3855-2216 / 11 – 3855-2213 – *atendimento@editoralafonte.com.br*
Venda de livros avulsos (+55) 11 3855-2216 – *vendas@editoralafonte.com.br*
Venda de livros no atacado (+55) 11 3855-2275 – *atacado@escala.com.br*

ÉSQUILO

Prometeu Acorrentado

e

Os Sete Contra Tebas

Tradução
Ciro Mioranza

Lafonte

2024 • Brasil

Apresentação

A tragédia grega é um gênero teatral que teve grande prestígio na Grécia antiga. Os autores que mais se destacaram nesse gênero literário, considerando as obras que chegaram até nossos dias, foram Ésquilo, Sófocles e Eurípides, que viveram entre os séculos VI e V antes de nossa era. Cognominado "pai da tragédia grega", Ésquilo nasceu em Elêusis, localidade próxima de Atenas, em torno do ano 525 a.C., e faleceu na cidade de Gela, no ano 456 ou 455 a.C., na Sicília, que, na época, fazia parte da Magna Grécia, como era denominada a região sul da península itálica, de colonização helênica. Ésquilo teria escrito mais de 70 peças de teatro, mas somente sete, completas, chegaram até nós, ou seja, *Prometeu acorrentado, Os sete contra Tebas, As suplicantes, Os persas e a trilogia Oresteia,* composta de *Agamêmnon, Coéforas e Eumênides.*

Prometeu acorrentado narra, em verso, a história ou lenda do titã Prometeu. Cumpre salientar que os titãs eram deuses muito poderosos e anteriores às conhecidas divindades do Olimpo, como Zeus, Atena, Ares, Afrodite e outras. Pode-se dizer, em termos modernos, que a história de Prometeu ocorre justamente entre a decadência da antiga casta de deuses e o surgimento de nova leva de divindades, que terá Zeus como deus supremo.

Quando Cronos, filho de Urano, era rei nos céus e, portanto, deidade suprema, houve uma revolta entre os deuses do Olimpo que pretendiam destronar Cronos em favor de seu filho, Zeus. Os titãs, filhos de Urano e de Gaia – ou Terra –, truculentos e violentos como eram, se uniram contra os partidários de Zeus, julgando que poderiam resolver a questão pela força. O titã Prometeu, advertido por sua mãe de que a vitória seria obtida pela astúcia e não pela violência, aliou-se com ela e tomou o partido de Zeus, que saiu vitorioso. O novo deus supremo, Zeus, distribuiu entre os demais deuses que o apoiaram variadas funções e prerrogativas. Mas planejava aniquilar a miserável raça humana e criar outra em seu lugar. Esse plano foi frustrado por Prometeu que, compadecendo-se da fraqueza dos homens, presenteou-os com o fogo, que havia roubado no Olimpo, e mostrou-lhes o uso desse elemento, além de lhes ensinar artes e ofícios. Por causa dessa rebelião contra a soberania de Zeus, recém-estabelecida, o amigo da raça humana foi condenado a passar séculos e eras sem fim acorrentado e pregado a um rochedo escarpado nos confins da terra. A partir desse ponto, Ésquilo passa a narrar as vicissitudes e tribulações, as queixas e reivindicações por justiça de Prometeu que, de amigo e apoiador de Zeus, se torna seu inimigo e condenado a um suplício eterno.

Em *Os sete contra Tebas*, Ésquilo narra o encontro fatal entre dois irmãos que se matam um ao outro. Para contextualizar esse evento, é necessário recorrer à lenda ou à história dos pais desses dois irmãos. O oráculo de Delfos havia por três vezes advertido Laio, rei de Tebas, que não deveria ter filhos, se quisesse salvar seu reino. Em vez de acatar o conselho dos deuses, que lhe fora dado por meio do oráculo, Laio seguiu seu instinto natural e sua mulher Jocasta deu à luz um filho, Édipo. Temeroso, Laio entregou o recém-nascido a pastores das montanhas que o criaram e lhe revelaram, quando adulto, que ele era filho de um rei. Édipo foi para Delfos, com o propósito de descobrir a verdade. Consultando o oráculo, obteve como resposta que ele haveria de matar o próprio pai e de desposar a própria mãe. Tentando fugir desse trágico destino, afastou-se da região. Mas, pelo caminho, encontrou-se com um desconhecido e, depois de uma rixa, o matou. Era seu próprio pai, Laio. Dirigiu-se para Tebas, onde destruiu a Esfinge, monstro que assolava a cidade e devorava aqueles que não conseguiam resolver o enigma que lhes era proposto. Por ter acabado com o monstro, os tebanos o elegeram rei e ele tomou por esposa a rainha viúva, Jocasta. Era a própria mãe... Dessa união nasceram os filhos Etéocles e Polinice e as filhas Antígona e Ismênia.

Quando a verdade veio à tona, Jocasta se suicidou, e Édipo vazou os próprios olhos e passou o poder real para os dois filhos que deveriam reinar um ano cada um, alternadamente. Vendo-se maltratado por eles, Édipo lança uma maldição contra os dois, afirmando que haveriam de dividir sua herança pela espada. Etéocles não aceita que seu irmão passe a reinar por seu turno. A situação foge ao controle, e Polinice decide exilar-se e vai para a cidade de Argos, rival de Tebas. Nessa cidade, faz aliança com o rei e com outros chefes ou comandantes da região, totalizando sete, com ele. Formada essa coalizão, parte contra Tebas para destronar o próprio irmão e tomar o poder.

Tebas, cercada de muralhas, tinha sete portas de entrada e saída do aglomerado urbano. Por essa razão, Polinice reuniu sete comandantes para atacar simultaneamente as sete portas. A partir desse ponto, Ésquilo passa a narrar os preparativos da guerra e a batalha final. Que será fatal para os dois irmãos.

A tragédia grega, assim chamada porque sempre tem um núcleo central trágico ou doloroso, não é somente reflexo de dor e sofrimento. Ésquilo é mestre em criar o impacto do trágico, mas é igualmente mestre em amenizar as cenas de horror e terror, com o coral das virgens que declamam ou cantam suas reações, que são o reflexo dos sentimentos da alma humana que sofre ou se alegra diante das mais diversas situações na vida. As tragédias desse dramaturgo da antiguidade defendem a plena liberdade do homem, sua dignidade inata, não necessariamente vinculada ao destino ou à vontade dos deuses, como os cidadãos em geral e o próprio Estado apregoavam.

O tradutor

ÍNDICE

Apresentação 5

Prometeu Acorrentado
Personagens da Tragédia 13
Tragédia 15

Os Sete Contra Tebas
Personagens da Tragédia 73
Tragédia 75

Prometeu Acorrentado

TRAGÉDIA

Personagens da Tragédia

O PODER
A FORÇA, personagem muda
HEFESTO[1]
PROMETEU[2]
CORAL das ninfas, filhas de Oceano
OCEANO[3]
IO[4], filha de Ínaco
HERMES[5]

---

(1) Na mitologia grega, Hefesto era o deus do fogo, da metalurgia e dos vulcões; seu correspondente na mitologia romana era Vulcano. (N.T.)

(2) Prometeu, na mitologia grega, era um titã, uma divindade que roubou o fogo dos deuses e o entregou aos homens, sendo por essa razão severamente castigado por Zeus; é dessa punição que trata a presente tragédia. (N.T.)

(3) Oceano era, para os gregos, o mais velho dos titãs, divindade que presidia as águas correntes, todas as massas líquidas e fontes do mundo; os oceanos são assim designados em honra dessa divindade. (N.T.)

(4) Io era uma sacerdotisa de Hera (esposa do deus supremo, Zeus); caiu nas graças de Zeus, que se apaixonou por ela. (N.T.)

(5) Hermes, na mitologia grega, era o deus dos viajantes, dos ladrões e do comércio; seu correspondente na mitologia romana era Mercúrio. (N.T.)

TRAGÉDIA

O PODER

Aqui estamos nos confins da Cítia[6], no fundo de um deserto inacessível.

Cabe agora a ti, Hefesto, cumprir as ordens que recebeste de teu pai.

Deverás acorrentar a essas rochas escarpadas esse infame criminoso,

com indestrutíveis correntes de ferro.

Pois foi ele que roubou o fogo, teu atributo, instrumento de todas as artes,

para presenteá-lo aos homens.

Terá de sofrer, pois, por esse crime, a vingança dos deuses;

que aprenda a respeitar o poder soberano de Zeus;

e que renuncie a esse vivo amor que nutre pelos mortais.

---

(6) Para os gregos e romanos, Cítia era o nome que davam a todas as terras desconhecidas além do Mar Negro e ao norte do Iraque e da Pérsia; e citas eram os habitantes dessas regiões, que corresponderiam atualmente à Rússia e outros países a leste. (N.T.)

HEFESTO

Poder e Força, cumpristes todas as ordens de Zeus e nada mais resta a fazer.

Mas eu! Falta-me coragem. Acorrentar a essas rochas castigadas pelas tempestades um deus de meu sangue!

E, no entanto, é preciso fazê-lo; devo ter essa coragem:

seria perigoso desobedecer às ordens de meu pai.

(dirigindo-se a Prometeu)

Filho industrioso da sábia Têmis, observa bem,

para teu infortúnio e para o meu, essas correntes indestrutíveis.

Vou te prender a esse inóspito rochedo, onde não ouvirás a voz,

não verás o rosto de mortal algum; e onde,

queimado pelos raios ardentes do sol,

sentirás murchar teu corpo.

Tarde demais, não há o que fazer,

a noite chegará e esconderá o dia

sob seu vestido esmaltado de estrelas;

tarde demais, o sol virá dissipar o orvalho matinal.

Viverás constantemente oprimido pela dor,

pois aquele que vai te libertar ainda não nasceu.

Esses são os frutos que colhes por teu amor pelos homens.

Mesmo sendo um deus, tu não temeste o ressentimento dos deuses;

concedeste aos mortais presentes que ultrapassavam teus direitos.

Como punição por essa audácia, vais permanecer nesse rochedo terrível,

como sentinela, sem dormir, sem descanso algum; proferirás mil lamentos,

mil gemidos inúteis, pois o coração de Zeus é inexorável:

é sempre mestre severo aquele que está no comando há pouco tempo.⁽⁷⁾

O PODER

E então? Por que toda essa demora? Por que essa piedade inútil?
Acaso não odeias esse deus detestado por todos os deuses, visto que foi ele que transmitiu aos homens teu atributo?

HEFESTO

Os laços de sangue e da amizade são muito fortes!

O PODER

Concordo. Mas bem fortes são igualmente os decretos de teu pai.
O que mais precisa temer é não infringi-los.

HEFESTO

Tu foste sempre implacável, sempre pronto a ousar.

O PODER

Lamentar os males desse criminoso não é curá-los.
Não te atormentes, portanto, com preocupações inúteis.

HEFESTO

Habilidade de minhas mãos, como te detesto!

O PODER

O quê! Acusas tua habilidade? Certamente
não é a causa dos infortúnios que temos diante dos olhos.

---

(7) Alusão à recente usurpação de Zeus, que havia destronado seu pai, Cronos, tornando-se o novo deus supremo do Olimpo. (N.T.)

HEFESTO

Infeliz de mim! Por que não teria cabido a outro fazer isso?

O PODER

Os deuses podem tudo, mas dependem
de um poder supremo; só Zeus é independente.

HEFESTO

Eu sei. A isso, com certeza, nada tenho a objetar.

O PODER

Por que não te apressas então em acorrentar o culpado?
Cuida para que teu pai não perceba tua hesitação!

HEFESTO

Aqui estão as argolas para os braços; estão prontas.

O PODER

Passa por elas as mãos; prende-as no rochedo;
bate com toda a força do pesado martelo.

HEFESTO

É o que vou fazer. Sem demora.

O PODER

Bate com mais força. Aperta, cuida para que a corrente não se solte.
Ele é habilidoso; mesmo nesse estado desesperador,
poderá encontrar ainda uma maneira de escapar.

HEFESTO

Esse braço está firme; nenhum esforço fará com que se desprenda.

O PODER

O outro, agora. Aperta, aperta bem.

Que saiba que, apesar de sua habilidade, ele é inferior a Zeus.

HEFESTO

Ninguém além de Prometeu terá o que reclamar de mim.

O PODER

Toma essa cunha de ferro; enfia-lhe o dente irresistível no peito, sem hesitar.

HEFESTO

Prometeu! Prometeu! Como me sinto mal diante de tua desgraça!

O PODER

De novo! Estás hesitando? Choras pelos inimigos de Zeus?

Toma cuidado, que um dia haverás de sentir pena de ti mesmo.

HEFESTO

Vê, que doloroso espetáculo!

O PODER

Vejo apenas um audacioso dignamente punido.

Termina com isso e passa essas correntes em torno de seus quadris.

HEFESTO

Sei que devo obedecer. Mais ordens tuas são desnecessárias.

O PODER

Minha insistência, até mesmo meus gritos irão te pressionar até o fim.

Desce um pouco agora e prende com firmeza as argolas das pernas.

HEFESTO

Foi o que fiz, e sem muita dificuldade.

O PODER

Prende-lhe agora os pés, fixa-os bem com esses cravos.

Quem vai examinar teu trabalho é um juiz severo.

HEFESTO

Tuas palavras são dignas do que anunciam tuas feições.

O PODER

Tem piedade de quem bem quiseres,

mas não recrimines meu orgulho nem a dureza de meu coração.

HEFESTO

Retiremo-nos daqui. As correntes já enlaçam todos os seus membros.

O PODER *(a Prometeu)*

E, agora, insulta os deuses, rouba-lhes as honras divinas

para dá-las a seres que não viverão mais que um dia.

O que esses mortais podem fazer para aliviar teu sofrimento?

Foi em vão que os deuses te deram o nome de Prometeu[8]!

Porque és tu que precisas de um Prometeu.

Sem auxílio, não serias capaz de te libertar desses grilhões bem ajustados.

PROMETEU *(sozinho)*

Divino éter! Ventos de asas velozes! Nascentes dos rios!

Ondas inumeráveis que agitais alegremente os mares!

E tu, Terra, mãe de todos os viventes!

E tu, Sol, cujos olhos incendeiam toda a natureza. Eu vos invoco.

Vede que tormentos um deus sofre nas mãos de outros deuses!

Vede estes ultrajes, essas terríveis torturas que devo sofrer por séculos sem fim!

Vede estas correntes hediondas que o novo senhor dos deuses

mandou forjar para mim! Ai de mim! Ai de mim!

O presente, o futuro e sempre o infortúnio:

é isso que me faz gemer e suspirar.

Quando verei o fim de minhas penas?

Mas o que estou dizendo?

O futuro, já o conheço por inteiro de antemão;

eu o li sem dificuldade; nenhum mal

imprevisto haverá de recair sobre mim.

É preciso submeter-se ao destino; suportá-lo com resignação.

Bem sei que ninguém poderá vencer a fatalidade.

Eu deveria ficar calado sobre minha triste sorte;

mas como poderia me calar?

---

(8) O nome grego *Prometheus* deriva de *promethés*, previdente. (N.T.)

Eu, o benfeitor dos mortais, eu, infeliz,
agora sob o jugo de tamanho suplício!
Sim, roubei o fogo, escondi-o numa férula, a centelha fecunda,
a fonte da chama, que ensinou aos mortais todas as artes,
o instrumento de todas as coisas boas.
E é por esse crime que fui condenado a esse suplício,
exposto a todas as injúrias possíveis, preso nestas correntes.
(Prometeu se interrompe com gritos de espanto, depois continua.)
Que rumor é esse?
Que sopro invisível é que veio voando em minha direção?
Que deus o espalhou, que mortal ou que semideus?
Será que alguém vem chegando até este rochedo
nos limites do mundo só para contemplar o espetáculo de minha dor?
Ou por que haveria de vir até mim? Vede, aqui estou!
Preso a estas correntes, um deus infeliz, odiado por Zeus,
odiado por todas as divindades que frequentam o palácio de Zeus.
E qual foi seu crime? Amou demais os homens.
Ah! Mas o que estou ouvindo? Pássaros voando?
O ar assobia suavemente sob o leve bater de suas asas.
Ante tudo o que se aproxima de mim, só posso tremer.
(As ninfas, filhas de Oceano, aparecem no ar, montadas numa carruagem alada.)

CORAL

Nada temas! É um bando amigo que, trazido por asas ligeiras,
veio voando até este alto rochedo.
Foi preciso dobrar a resistência de nosso pai.
Finalmente chegamos, conduzidas por ventos propícios.

O eco do ferro golpeado pelo martelo
penetrou nas profundezas de nossas cavernas
e, afastando um pudor temeroso demais, sem perder tempo,
viemos descalças em nossa carruagem alada.

PROMETEU

Ai de mim! Ai de mim!
filhas de Tétis, a mãe fecunda!
Filhas do velho Oceano,
cujas ondas circundam a terra e nunca dormem!
Olhai, vede como estou acorrentado,
no topo destas terríveis rochas, onde vou permanecer
numa moradia que ninguém jamais haverá de invejar!

CORAL

Vemos, Prometeu, e estremecemos.
Uma nuvem repleta de lágrimas caiu sobre nossos olhos,
ao ver teu corpo ardendo no rochedo
e definhando sob o peso dessas aviltantes correntes.
Isso porque um novo monarca detém o leme no Olimpo;
vivemos sob leis completamente novas.
Zeus exerce, em virtude dessas novas leis, uma autoridade arbitrária;
aqueles que eram grandes e temidos outrora
acabaram desaparecendo diante dele.

PROMETEU

Ah! Se, pelo menos, me tivessem jogado sob a terra,
nas profundezas do inferno que engole os mortos,
no imenso Tártaro, depois de ter me prendido

sem piedade com essas correntes indestrutíveis!
Nenhum deus, nenhum homem haveria de rir de meus infortúnios.
Mas não! Suspenso no ar, batido pelos ventos,
meus suplícios devem fazer a alegria de meus inimigos.

CORAL

Onde está esse deus de coração tão insensível,
que poderia se alegrar com esse espetáculo?
Qual deles, exceto Zeus, não haveria
de se condoer com teus sofrimentos?
Só ele retém a ira eterna,
ele é o flagelo impiedoso da raça celeste;
e ele não irá parar até que tenha satisfeito seu ressentimento
ou até que um rival, por algum golpe de sorte,
arranque dele um poder tão difícil de subtrair.

PROMETEU

E, no entanto, apesar dessas correntes indignas
cujo violento aperto trava meus membros,
ele vai precisar de mim mais uma vez,
esse senhor dos imortais; só eu posso protegê-lo
contra os efeitos de um desígnio que ele concebeu
e que deve despojá-lo de seu cetro e de suas honrarias.
Mas ele não haverá de me encantar com meigas palavras de persuasão;
tampouco haverá de me amedrontar com suas terríveis ameaças.
Não lhe revelarei o segredo
antes que me liberte dessas cruéis correntes
e antes que concorde em reparar tamanhos ultrajes.

CORAL

Sempre a mesma audácia!
Apesar desse amargo infortúnio,
não queres mesmo ceder!
Tua linguagem é demasiada imprudente!
O medo nos perturba e nos agita.
Teu destino nos faz estremecer.
Quando é que haveremos de ver
o fim desses teus terríveis suplícios?
Pois a alma do filho de Cronos
é impenetrável, seu coração é inflexível.

PROMETEU

Zeus é implacável, bem o sei;
para ele, sua vontade é unicamente a justiça.
Mas esse orgulho, também tenho certeza,
um dia cederá ao terrível golpe;
essa cólera indomável se acalmará;
e, com ânsia igual à minha, Zeus
haverá de procurar minha aliança e minha amizade.

CORAL

Conta-nos, sem nada esconder, o que aconteceu.
Por que ofensa é que Zeus te submeteu
a essa tortura humilhante e atroz?
Fala, se essa história não vier a aumentar a dor de teu coração.

PROMETEU

Falar de minha desgraça é para mim dor ardente;
calar é mais doloroso ainda!

Minha angústia parece não ter limite!
Outrora, o ódio irrompeu entre os deuses;
duas facções rivais se formaram.
Uns queriam derrubar Cronos do trono e dar o império a Zeus;
outros empenhavam todos os esforços para evitar
que Zeus reinasse para sempre sobre os deuses.
Foi em vão que me envolvi nessa situação,
dando sábios conselhos aos filhos do Céu e da Terra, os titãs.
Não deram ouvidos à minha voz.
Cheios de audácia e presunção,
desprezavam a astúcia e a habilidade;
e julgavam triunfar graças à própria força
e garantir assim facilmente seu domínio.
Quanto a mim, mais de uma vez minha mãe, Têmis,
sim, mais de uma vez a Terra, esse ser único sob tantos nomes,
me havia predito o resultado desse embate.
Segundo ela, não era com a força, com a violência, que deveríamos contar:
a vitória e o império seriam decididos pela astúcia e pela artimanha.
Foi isso que expliquei aos titãs; mas eles não me ouviram,
desprezaram meus conselhos.
O partido mais sábio a tomar a partir de então
era obviamente colocar-me, junto a minha mãe,
ao lado de Zeus, que insistia comigo para que o apoiasse;
graças a meus conselhos, as negras e profundas masmorras do Tártaro
engoliram o venerando Cronos com todos os seus defensores.
Esses foram os serviços que prestei ao senhor dos deuses
e podeis ver com que prêmio ignóbil o tirano me recompensou!
Pois esse é o vício eterno da tirania,

suspeitar da lealdade de seus amigos.
Mas me perguntastes o motivo do suplício que ele me infligiu
e é o que vou contar agora.
Tão logo se sentou no trono de seu pai,
ele distribuiu recompensas a todos os deuses,
fortalecendo assim seu poder e império.
Mas ele não levou em conta os infelizes mortais.
Chegou até a conceber o projeto de aniquilar toda a raça
e de produzir uma nova. Ninguém se opôs a esse plano,
ninguém, exceto eu: só eu tive essa coragem.
Sem minha ajuda, os mortais seriam destruídos
por um raio e lançados nas profundezas do inferno.
É por isso que sofro o rigor das torturas que tendes diante dos olhos:
um suplício horrível para mim e, para vós, um espetáculo deplorável.
Eu tive pena dos mortais; mas ele não me julgou digno de pena.
Fui tratado, podeis ver, sem piedade;
mas meu tormento é uma eterna desonra para Zeus.

CORAL

Teria um coração de ferro, seria feito da mais dura rocha, Prometeu,
aquele que não se compadecesse de teus sofrimentos.
Teríamos preferido não ver esses tormentos,
pois esse espetáculo nos deixa o coração transpassado de dor.

PROMETEU

Sem dúvida, devo ser, para os amigos, objeto de compaixão.

CORAL

Mas tua bondade para com os homens não te levou mais longe ainda?

PROMETEU

Pus fim aos terrores que a expectativa da morte inspirava nos mortais.

CORAL

E que remédio lhes deste contra esses terrores?

PROMETEU

Fiz habitar em suas almas uma esperança infinita no futuro.

CORAL

Que presente deveras precioso deste aos mortais!

PROMETEU

E, além disso, eu lhes dei o fogo.

CORAL

O quê! Então os mortais já possuem o fogo resplandecente!

PROMETEU

Sim, esse mestre que lhes ensinará todas as artes.

CORAL

E são esses os crimes pelos quais Zeus
te entrega a esse suplício abominável, a essa tortura sem trégua?
Mas não existe no futuro um termo para esses sofrimentos?

PROMETEU

Com toda a certeza, nenhum, a não ser o fim que ele quiser fixar.

CORAL

E haverá de fixar um? Qual é tua esperança?
Não vês que te faltou prudência?
Essa recriminação de imprudência que te fazemos
é dolorosa para nós, e deve ser difícil ter de ouvi-la.
Mas deixemos de lado os discursos inúteis;
e trata de encontrar algum meio de te desprender desse rochedo.

PROMETEU

É muito cômodo, quando se está ao abrigo dos males,
exortar e aconselhar a quem está em plena tormenta!
Mas eu não tinha previsto tudo?
Minha imprudência foi voluntária; confesso que o foi.
Servir aos mortais era preparar-se para o sofrimento.
Mas não imaginava que esse fosse meu suplício;
que meu corpo haveria de secar no topo de um rochedo;
que eu haveria de viver nesta montanha inóspita.
Mas não vos limiteis a ter pena de minha desgraça.
Descei para junto de mim, vinde saber a sorte
que me ameaça no futuro e conhecer todo o meu destino.
Vinde, vinde! Tende compaixão do infeliz que sucumbe às torturas.
Ai de mim! O infortúnio fica vagando por sobre nós,
e ora um ora outro é o alvo de seus ataques.

CORAL

Teu convite, Prometeu, responde a nosso desejo.
Sem demora, saltaremos dessa carruagem veloz,
deixaremos as rotas aéreas em que voam os pássaros
e desceremos nesse rochedo escarpado.
Sim, queremos ouvir toda a história de teus infortúnios.
(Oceano aparece no ar, montado num dragão alado.)

OCEANO

Chego, enfim, até esses lugares para te ver, Prometeu,
depois de longa viagem, montado nesse dragão de asas ágeis,
que minha vontade conduz, sem a necessidade de freio.
Compartilho de tuas dores, palavra de honra.
O sangue que nos une assim o exige, concordo;
mas mesmo sem esse parentesco, ninguém
teria um papel maior em minha amizade do que tu.
O que estou dizendo, logo verás que é bem sério;
verás que não é meu hábito lisonjear com palavras mentirosas.
Dize-me, o que posso fazer para te socorrer?
Nunca poderás dizer que existe amigo mais fiel do que Oceano.

PROMETEU

Pois o quê? Tu também vens aqui para contemplar meu suplício?
Tens a coragem de deixar os mares que levam teu nome,
seus abismos escavados na rocha pela natureza,
para andar por essas montanhas que nada mais têm senão ferro!
É curiosidade, é compaixão que te traz até aqui?
Contempla o maravilhoso espetáculo!

Sim, aqui está o amigo de Zeus,
aqui está aquele que ajudou Zeus a conquistar o trono,
e essas são as torturas a que fui e sou submetido.

OCEANO

Estou vendo, Prometeu; e quero,
por mais sagaz que seja teu espírito,
te dar um salutar conselho.
Concentra-te em ti mesmo;
forma-te um novo caráter,
pois novo é o senhor que comanda os deuses.
Chega de insultos, chega de dardos afiados.
Toma cuidado; Zeus está longe, mas poderia te ouvir;
e, então, logo mais, com teus males agravados,
aqueles que hoje te fazem sofrer
não te pareceriam mais que um jogo.
Alija de ti, infeliz, tua raiva e pensa no alívio de tuas misérias.
Talvez minhas palavras pareçam conselho de velho,
mas vejo diante de mim, Prometeu,
os frutos que uma língua demasiada insolente produz.
Não queres te humilhar, não queres ceder a teu infortúnio;
só procuras redobrar teu sofrimento.
Vamos lá, acredita em minha experiência,
não te revoltes contra o jugo:
lembra-te de que o monarca é severo,
que não deve prestar contas a ninguém.
Vou encontrá-lo. Tentarei, se puder, obter tua libertação.
E tu, acalma-te, coloca um freio em tuas recriminações.
Esclarecido como és, acaso não sabes
que a punição segue sempre palavras audaciosas?

PROMETEU

Não posso deixar de te felicitar

por não teres sofrido perseguição pela liberdade

com que vieste me consolar em meu infortúnio.

Mas não te preocupes comigo; abandona esses cuidados inúteis.

Nunca haverá de dobrar Zeus; ele é inabalável.

Cuida antes para que essa visita não te custe caro.

OCEANO

Sabes aconselhar os outros muito melhor do que a ti mesmo.

Teu infortúnio é uma prova incontestável disso.

Mas não reprimas meu zelo em querer auxiliar-te.

Orgulho-me em afirmar que vou obter o perdão de Zeus,

que haverá de te libertar desse suplício.

PROMETEU

Sou-te grato por essa gentileza e nunca a esquecerei.

Sei muito bem que tua amizade nunca se cansa,

mas não faças nada por mim: teus esforços seriam inúteis.

Trata de permanecer em repouso, cautelosamente ao abrigo do perigo.

Condenado como sou a viver na desgraça,

não me alegraria ver outros na mesma situação.

Acredita-me, deploro amargamente o destino de meu irmão,

desse Atlas[9] que, parado às portas do poente, sustenta

sobre seus ombros as colunas do céu e da terra, fardo esmagador!

---

(9) Atlas ou Atlante, na mitologia grega, era um dos titãs condenado por Zeus a sustentar sobre os ombros os céus; por isso era geralmente representado como um gigante carregando o globo terrestre nas costas. (N.T.)

Vi, e não sem piedade, esse filho da Terra,

o habitante das cavernas da Cilícia, o terrível gigante

de cem cabeças, o audacioso Tifão[10].

Ele resistiu aos esforços de todos os deuses;

um silvo de morte saía de suas mandíbulas assustadoras;

raios brilhavam em seus olhos: dir-se-ia que sob a força do monstro

o império de Zeus iria desmoronar.

Mas o dardo vigilante desse deus,

o raio que cai enquanto vomita chamas,

abafou suas ameaças insolentes.

Ferido até o âmago do coração, pulverizado,

abatido pelo trovão, suas forças são aniquiladas;

seu corpo, agora destroço inútil, jaz perto de uma estreita passagem

deixada pelos mares, esmagado pelas ruínas do Etna.

No topo da montanha, Hefesto, forja seu ferro ardente.

De lá, um dia, torrentes em brasa rolarão com estrondo, e as chamas,

com seus dentes selvagens, devorarão as vastas planícies da fértil Sicília.

Dardos flamejantes, redemoinhos de fumaça eterna,

assim é que Tifão desabafará sua raiva borbulhante,

todo calcinado como está pelos raios de Zeus.

Tua longa experiência não precisa de conselhos meus.

Trata de garantir, pelo menos, a própria salvação.

Quanto a mim, vou suportar corajosamente minha sorte,

esperando que um dia a ira de Zeus se abrande.

---

(10) Na mitologia grega, Tifão era um monstro horripilante, filho de Gaia, a Terra, nascido para derrotar Zeus e destruir o Olimpo; venceu uma primeira batalha contra Zeus, mas foi derrotado na segunda. (N.T.)

OCEANO

Acaso ignoras, Prometeu, que os discursos
podem curar um coração dilacerado?

PROMETEU

Sim, se o remédio for aplicado no momento favorável;
se não irritarmos, se não ofendermos a alma irada.

OCEANO

Mas se, ao me interessar por ti, eu tentar esse caminho,
que risco vês que eu possa correr?

PROMETEU

Um esforço sem resultado, uma imprudência, uma loucura.

OCEANO

Pois bem, deixa-me cometer essa loucura.
Parecer louco é um feliz segredo dos sábios.

PROMETEU

Tu cometerás a loucura, e eu levarei a culpa.

OCEANO

Com essas palavras, queres que eu volte para meus domínios.

PROMETEU

Sim. Temo que tua compaixão por mim atraia o ódio sobre ti.

OCEANO

De quem? Daquele que acaba de se sentar no trono como todo-
poderoso?

PROMETEU

O próprio. Trata de não irritar seu coração.

OCEANO

Tua desgraça, Prometeu, não deixa de ser uma terrível lição.

PROMETEU

Vai, apressa-te em partir; persiste firmemente na prudência de que deste prova.

OCEANO

Eu já estava indo quando me convidaste a partir.
Esse pássaro de quatro patas
já bate com suas asas a vastidão do ar,
feliz por retornar à sua morada.
(Oceano desaparece.)

CORAL

(Estrofe A)

Ó Prometeu! Como deploramos teu lamentável destino.
De nossos comovidos olhos escorre uma torrente de lágrimas,
orvalho que umedece nosso rosto.
O espantoso suplício decretado por Zeus é para mostrar
que ele não tem outras leis além de seu capricho,
é para que os deuses, que outrora eram poderosos,
sintam agora seu poder tirânico.

(Estrofe B)

Toda a região circundante já se compadece de teus queixosos gritos.

Todos choram tuas nobres e antigas honras,

choram a glória de teus irmãos, sofrem lamentáveis dores,

todos esses mortais que habitam o solo sagrado da Ásia:

as mulheres que habitam a Cólquida[11], valorosas nos combates,

as hordas citas que cobrem vastas áreas dos confins do mundo

e essa flor da Arábia, esses heróis

que o Cáucaso abriga sob suas muralhas,

batalhões aguerridos, armados com suas lanças em riste.

(Estrofe B')

O único deus que uma vez vimos carregado,

com correntes de bronze de dor insuportável,

foi aquele titã infatigável, Atlas,

cujos ombros suportam um fardo imenso e esmagador,

os polos da terra e do céu.

As ondas dos mares rugem,

quebrando-se a seus pés; o abismo emite um gemido;

o inferno escuro estremece nas profundezas da terra;

as nascentes dos rios com suas ondas sagradas

exalam um murmúrio doloroso:

tudo no mundo chora pelos tormentos de Atlas.

PROMETEU

Se me calo, não é por desdém ou por arrogância;

mas porque meu coração é devorado por um furor incontrolável,

ao ver os ultrajes a que estou sujeito.

---

(11) Os antigos gregos denominavam Cólquida à região do Cáucaso que corresponde, aproximadamente, ao território da atual República da Geórgia. (N.T.)

E, no entanto, a quem devem, esses novos deuses, suas honras?
A quem, senão a mim? Mas não falemos mais nisso:
seria repetir o que já sabeis.
Escutai antes qual foi o triste destino dos mortais
e como esses seres, outrora estúpidos, adquiriram,
graças a mim, razão e sabedoria.
Não é que eu deva recriminar de forma alguma os homens;
falo apenas para recordar quais foram os benefícios com que os cumulei.
Outrora eles viam, mas viam mal; ouviam, mas não compreendiam.
Como os fantasmas que vemos nos sonhos, eles viveram,
durante séculos, confundindo todas as coisas.
Não sabiam usar tijolos ou madeira
para construir casas iluminadas pela luz do dia.
Como a ágil formiga, viviam embaixo da terra,
em cavernas profundas onde o sol não penetrava.
Não distinguiam a estação de inverno da primavera,
cheia de flores, ou do verão, com suas colheitas abundantes.
Agiam, mas sempre ao acaso, sem reflexão.
Por fim, ensinei-lhes a arte de observar os astros,
o momento preciso do nascimento das estrelas
e o momento preciso de seu ocaso.
Fui eu que inventei, para eles, a ciência dos números, a mais nobre das ciências;
para eles formei o conjunto das letras, o alfabeto.
Fixei a memória que preserva todas as lembranças, a alma e o cerne da vida.
Fui eu também o primeiro a prender sob o jugo os animais,
antes selvagens e desde então domados e obedientes;

e o corpo dos mortais foi assim aliviado do peso dos trabalhos mais duros.

Fui eu que submeti os cavalos aos freios,

que os atrelei às esplêndidas carruagens, orgulho da opulência.

E essas outras carruagens com asas de tecido de linho,

que singram os mares, quem as inventou senão eu?

Infeliz de mim! Minha indústria criou tudo para os mortais,

e não encontro, para mim, nenhuma maneira de me libertar desse tormento!

CORAL

Teu suplício é realmente cruel; mas teu infortúnio

é o resultado de tua imprudente loucura.

Além disso, como mau médico que caiu doente, perdes a esperança

de conseguir encontrar um remédio que possa te curar e salvar.

PROMETEU

Escutai o resto e ireis admirar mais ainda outras artes,

outras invenções, que inventei para os mortais.

Esse foi meu maior benefício em favor deles:

no passado, se um mortal adoecesse, não havia esperança de socorro,

nenhum alimento benéfico, nenhuma poção, nenhum remédio,

nenhum bálsamo; e eles morriam.

E eu lhes ensinei fazer misturas e composições salutares,

que hoje os protegem de todas as doenças.

E fui eu que formulei essa ciência de aspectos tão variados, a adivinhação.

Fui eu quem primeiro distinguiu, entre os sonhos,

as visões que revelam a verdade;

fui eu quem lhes explicou os prognósticos difíceis
de estabelecer os presságios que podemos encontrar pelo caminho;
defini exatamente o voo das aves de rapina, defini tudo com clareza;
disse quais pássaros eram um presságio favorável ou sinistro;
falei também dos costumes de suas diversas raças,
de seus ódios mútuos, de suas amizades, de seus encontros;
finalmente mostrei o tipo de polimento, a cor que agradava aos deuses
nas entranhas das vítimas e as nuances de beleza da bílis e do fígado.
Mandei estender sobre o fogo, num envoltório de gordura,
as coxas, os membros e as entranhas da vítima,
e iniciei desse modo os mortais numa arte e ciência difícil,
revelando-lhes sinais até então desconhecidos e inexplicáveis para eles.
Esses foram meus benefícios, graciosamente concedidos a eles,
e não estou falando daqueles tesouros que a terra roubou
dos homens em suas profundezas: ferro, bronze, prata, ouro;
quem poderia se orgulhar de tê-los descoberto antes de mim?
Ninguém, sem dúvida, a menos que se trate de um impostor.
Numa só palavra, posso dizer tudo:
o inventor de todas as artes de que os mortais desfrutam é Prometeu.

CORAL

Depois de ter feito tanto pelos mortais, não te entregues à desgraça,
sem tentar fazer qualquer coisa por ti mesmo;
pois em breve, temos a doce esperança, poderás ficar livre
dessas correntes, tornando-te tão poderoso quanto Zeus.

PROMETEU

Não! Não é esse o futuro predisposto pelo destino inexorável.
Viverei curvado sob o peso de inumeráveis torturas
e só depois desse suplício é que me livrarei das correntes.
A arte é um poder muito fraco quando luta contra a fatalidade.

CORAL

Mas quem dirige a fatalidade?

PROMETEU

As três Moiras[12] e as Erínias[13] que nada esquecem.

CORAL

Então a força delas é superior à de Zeus?

PROMETEU

Sim; ele próprio não poderia escapar de seu destino.

CORAL

E qual é então o destino de Zeus, senão o de reinar para sempre?

PROMETEU

Não me pergunteis; não vos será dado saber.

---

(12) Na mitologia grega, as Três Moiras (chamadas Parcas, na mitologia romana) eram divindades que regiam o destino da vida: Cloto tece o fio da vida, Láquesis cuida de sua extensão, e Átropos corta o fio. (N.T.)

(13) As Erínias, na mitologia grega, eram a personificação da vingança; eram três: Tisífone, Megera e Alecto; na mitologia romana, eram chamadas Fúrias. (N.T.)

CORAL

Então é tão temível o segredo que guardas?

PROMETEU

Passemos a outros assuntos:
ainda não é tempo de revelar esse segredo;
deve permanecer mais oculto do que nunca.
De minha discrição dependem a libertação
dessas ignóbeis correntes e o fim de meus males.

CORAL

(Estrofe A)

Que Zeus, o árbitro soberano do mundo,
nunca oponha seu poder a nossos desejos!
Que nunca sejamos negligentes em apresentar
aos deuses os sagrados festins da hecatombe,
junto das inesgotáveis ondas do Oceano, nosso pai!
Que nunca cheguemos a fazer o mal com nossas palavras.
E que esses pensamentos permaneçam
indelevelmente impressos em nosso espírito.

(Estrofe A')

É doce prolongar uma vida imortal, no seio de profunda segurança,
de risonhas esperanças, e nutrir a alma com pura felicidade.
Mas estremecemos de terror diante do espetáculo
das mil torturas que te dilaceram. Ah! Prometeu!
Não temeste a Zeus; e, cedendo à inclinação de tua alma,
te mostraste extremamente benevolente para com os mortais.

(Estrofe B)
>Essa é a recompensa por teus benefícios.
>Ó querido, diz agora, que ajuda esses seres efêmeros podem te trazer?
>O que esperas do apoio deles?
>Não conheces, pois, essa impotência inativa que acorrenta,
>como num sonho, a cega raça dos humanos?
>Na presença dos decretos de Zeus,
>os desígnios dos mortais nada são, somem.

(Estrofe B')
>Teu terrível destino, Prometeu, é para nós uma grande lição!
>Mas quão pouco se assemelha essa canção
>que hoje escapa de nossos lábios,
>à canção do casamento que outrora,
>extasiadas com tua felicidade,
>entoamos em volta do banho nupcial,
>em torno de tua cama, no dia em que nossa irmã Hesíone
>aceitou tornar-se tua esposa!

10

>Onde estou? Que povo habita por aqui?
>Quem é esse cativo que vejo batido pela tempestade,
>preso com grilhões àquele rochedo?
>Que crime expias com essa agonia?
>Dize-me em que país do mundo chego vagando?
>Ah! Como me sinto infeliz!
>Uma mutuca me picou novamente com seu ferrão.
>Infeliz! É o terrível fantasma de Argos[14], filho da Terra.
>Afasta-o, ó Terra, afasta-o.

---

(14) Argos, na mitologia grega, era um gigante dotado de cem ou de centenas de olhos; era continuamente vigilante, pois, ao dormir fechava somente metade de seus olhos, enquanto a outra metade permanecia atenta, em vigília. (N.T.)

Tremo ao ver esse monstro de cem olhos.
Aí vem ele, com seu pérfido olhar.
Nem a morte o detém.
A terra, portanto, não o engoliu.
Ele escapa do inferno só para me perseguir em toda parte.
Fujo, ando correndo, faminta, pelas areias da costa;
e sempre os harmoniosos tubos unidos pela cera
exalam dolentes melodias a meu redor.
Oh! grandes deuses! Oh! Deuses imortais,
para onde me levam essas correrias sem destino?
Por que crime, ó filho de Cronos, por que crime
me submeteste a sofrimentos tão graves?
Ah! Por que essa mutuca que me pica,
por que esse incômodo, essas torturas,
esse delírio avassalador?
Ah! aniquila-me com teus raios,
que a terra me traga, que me devorem os monstros do mar!
Não rejeites minhas preces, deus soberano!
Chega de correrias, chega de dor!
Oh, se eu pudesse saber qual será o fim de meus males!

CORAL *(a Prometeu)*

Acaso ouves as queixas dessa jovem?

PROMETEU

E como não ouvi-la, a jovem assediada por uma mutuca impiedosa;
é a filha de Ínaco?
Sim, é ela que incendeia de amor o coração de Zeus,

e que agora é objeto dos ciúmes de Hera[15],

sendo por isso obrigada a fugir, numa corrida louca, acuada pela inimiga.

IO

Como sabes quem sou, ó tu que pronunciaste o nome de meu pai?

Responde, fala com uma mulher infeliz.

Quem és tu? Quem és tu, que sofres aqui

e que conheces tão bem meus sofrimentos?

Tu bem sabes, pois, o que é esse flagelo,

desencadeado por uma deusa,

esse mal que me consome,

que me dilacera com um penetrante ferrão!

Ah! Ai! Ai! Aos saltos é que vim correndo até aqui,

atormentada pela fome e oprimida

pela ciumenta vingança que me persegue.

Que infelizes criaturas já suportaram as dores que eu suporto?

Responde-me com franqueza: o que me resta ainda a sofrer?

Quando vão terminar meus infortúnios?

Dá, oh!... dá a essa infeliz jovem errante um remédio para seu tormento!

Fala, explica-te, se é que sabes de alguma coisa.

PROMETEU

Sim, falarei sem rodeios; saberás tudo o que desejas saber.

Eu te direi tudo sem enigmas, em termos simples,

como um amigo deve falar a amigos.

Estás vendo aqui aquele que deu o fogo aos mortais, estás vendo Prometeu.

---

(15) Esposa de Zeus; sua equivalente da mitologia romana é Juno, esposa de Júpiter. (N.T.)

IO

    Ó benfeitor de toda a raça humana, infeliz Prometeu,
    por que crime estás sofrendo essa punição?

PROMETEU

    Há pouco terminava o lamentável relato de minha desgraça.

IO

    Não podes me conceder também esse favor?

PROMETEU

    Que favor? Sem favor algum, de ti não terei nada a esconder.

IO

    Quem te acorrentou a esse rochedo escarpado?

PROMETEU

    A ordem de Zeus e a mão de Hefesto.

IO

    Por quais crimes foste punido?

PROMETEU

    Já disse o suficiente e é o que te deve bastar.

IO

    Pelo menos uma palavra mais: dize-me quando
    será o fim de minha desgraça e de minha correria sem rumo.

PROMETEU

É melhor para ti que o ignores do que venhas a sabê-lo.

IO

Ah! não me ocultes nada do que ainda devo sofrer.

PROMETEU

Muito bem, não me recuso, pois, a satisfazer teu desejo.

IO

Então, por que hesitas? Fala, conta-me tudo!

PROMETEU

Não me recuso de forma alguma; mas temo afligir teu coração.

IO

Não queiras ter mais pena de mim do que eu mesma tenho.

PROMETEU

Tu queres realmente saber? Então devo falar. Muito bem, escuta.

CORAL

Espera um momento, Prometeu! É nossa vez de pedir um favor.
Vamos saber primeiramente a história de seus tormentos;
deixe-a ela mesma nos contar as terríveis vicissitudes de sua sorte.
Então poderás lhe revelar os sofrimentos que o futuro lhe reserva.

PROMETEU

Esse cuidado toca a ti, Io; cabe a ti realizar o desejo delas.
Não podes recusar, pois elas são irmãs de teu pai.
Há conforto no choro, no lamento das próprias desgraças,
quando se sabe que a história fará correr lágrimas.

IO

Como resistir a vosso desejo? Nem tentaria.
Quereis conhecer toda a minha história?
Não pretendo esconder nada, embora seja doloroso
para meu coração recordar a causa do flagelo deflagrado
contra mim por mão divina e da deplorável transformação por que passei.
Sonhos vinham constantemente, durante a noite,
esvoaçando em direção a meu quarto virginal.
E me diziam, em sua linguagem carinhosa:
"Ó jovem, por que guardar a virgindade por tanto tempo?
Tua felicidade é grande!
Tu podes aspirar ao mais glorioso dos casamentos.
Tua visão incendiou Zeus com o fogo do desejo;
contigo ele quer desfrutar dos prazeres do amor.
Não desprezes, linda jovem, o amor de Zeus!
Desce aos campos de Lerna, em direção a esses férteis prados onde
pastam os rebanhos de teu pai, onde estão os estábulos de seus bois.
Apressa-te; sacia finalmente o desejo que arde nos olhos de Zeus".
Tais eram os sonhos que todas as noites,
para meu infortúnio, me assaltavam.
Armei-me de coragem e contei a meu pai
sobre as aparições que me perseguiam nas sombras das noites.

Meu pai enviou mais de uma vez mensageiros
para consultar o oráculo de Delfos e o de Dodona,
para saber por quais sacrifícios, por quais preces,
ele poderia agradar aos deuses.
Mas sempre lhe davam respostas ambíguas,
cheias de imprecisões, cujo significado ninguém entendia.
Finalmente um oráculo chegou a Ínaco,
um oráculo muito claro e preciso dessa vez.
Era o conselho, era a ordem de me expulsar de casa,
da pátria, de me deixar sozinha;
era condenada a vagar errante até os confins da terra.
Se meu pai resistisse, Zeus desfecharia raios fulminantes
que aniquilariam toda a raça de Ínaco.
Isso foi o suficiente para que ele obedecesse
à voz profética de Apolo.
Meu pai me baniu e me fechou a porta de casa.
Seu coração, como o meu, estava partido;
mas o poder de Zeus foi mais forte, e meu pai cedeu.
Logo minha razão e meus traços fisionômicos se alteraram:
esses chifres, que podeis ver, surgiram em minha fronte.
Atormentada por uma mutuca de ferrão agudo,
corri aos saltos até as ondas límpidas de Cencreia,
e depois corri para o alto da colina de Lerna.
Um pegureiro, filho da Terra, o impiedoso Argos, me seguia,
observando meus rastros com seus inúmeros olhos.
Um golpe inesperado privou-o subitamente da vida;
mas a terrível mosca, flagelo divino, continuou a me perseguir,
expulsando-me de um clima a outro, de um país a outro.
Tu sabes muito bem o que aconteceu comigo.
Se puderes me contar os males que o futuro ainda me
reserva, fala,

e não deixes que a piedade te inspire com alguma mentira consoladora.

Faltar com a verdade é o mais vergonhoso dos flagelos.

CORAL

Ai! Ai! Já é demais! Chega!
Nunca, não, nunca poderíamos
ter esperado a estranha história
que acaba de chegar a nossos ouvidos.
Esses tormentos, esses desastres, esses terrores!
Terrível espetáculo! Suplício insuportável!
Dardo de duas pontas, que feriu nossas almas!
Ah! Destino, Destino!
Estremecemos de horror ao ouvir os infortúnios de Io.

PROMETEU *(ao Coral)*

Vossos gemidos são prematuros.
Esperai pelo menos até tomar conhecimento do resto.

CORAL

Fala, informa-a de seu destino:
não deixa de ser consolador saber com clareza e de antemão,
quando se está sofrendo, o que ainda terá de sofrer.

PROMETEU

Cedi sem resistência a vosso primeiro pedido:
gostaríeis de ouvir dos lábios dela a história de suas desgraças.
Escutai agora os novos tormentos que Hera
ainda deve infligir a essa infeliz jovem.
E tu, filha de Ínaco, grava minhas palavras em tua mente

e saberás onde tuas correrias haverão de terminar.
Ao sair desses lugares, dirige teus passos em direção às plagas do Oriente:
atravessa esses desertos que o arado nunca sulcou.
Mais além, chegarás entre os nômades citas,
que vivem em cabanas de vime tecido erguidas no ar
em suas carruagens com grandes rodas,
e que têm arcos com flechas formidáveis como armas.
Guarda-te de te aproximar desses povos.
Para evitar suas terras, caminha
pelas bordas rochosas do mar que sussurra.
À esquerda vivem os cálibes[16], hábeis em moldar o ferro:
evita-os também, pois são ferozes e nada hospitaleiros.
Chegarás às margens do rio Hibristes[17], rio digno desse nome.
Não tentes atravessá-lo, pois o empreendimento
da passagem tem seus perigos; sobe até o Cáucaso,
a mais alta das montanhas, até o lugar onde de seus flancos
se forma a torrente borbulhante e impetuosa.
Atravessa esses altos picos que tocam as estrelas
e desce em direção às praias do sul.
Lá encontrarás as Amazonas, mulheres guerreiras,
para quem o homem é objeto de ódio:
um dia povoarão Temiscira[18], nas margens do rio Termodonte,
no ponto onde penetram no mar as saliências da rocha de Salmidessus,
horrível garganta escancarada nas ondas,

---

(16) Os cálibes ou cáldios eram um antigo povo que habitava a Anatólia (parte da Turquia atual) e a Geórgia; a tradição atribuía a eles a invenção da metalurgia do ferro. (N.T.)

(17) Não se sabe a que rio o autor se refere; pelo nome (hybristés significa insolente, orgulhoso, violento), deveria ser um largo, profundo e rápido, de que os mercadores gregos da época deviam falar. (N.T.)

(18) Temiscira, na mitologia grega, era uma cidade localizada sobre o Mar Negro, na foz do rio Termodonte, perto do estreito de Dardanelos. (N.T.)

hospedeira fatal dos marinheiros, madrasta dos navios.
As Amazonas te guiarão com prazer, e até com grande entusiasmo.
Chegarás assim ao istmo dos cimérios e continuarás
tua jornada até a porta estreita do pântano Meótido.
Ali deves deixar corajosamente a terra e partir para além do estreito.
A fama de tua passagem permanecerá eterna entre os humanos,
e o estreito se chamará Bósforo[19].
Então terás deixado o solo europeu e estarás no continente da Ásia.
E então, o que te parece?
A violência desse rei dos deuses não é igualmente sentida por todos?
Aqui está uma mortal com quem ele deseja se unir no amor
e a força brutalmente a essa fuga lamentável!
Ah! Encontraste, jovem donzela, um pretendente bem cruel!
E o que ouviste até agora não é nem sequer o prelúdio de teus infortúnios.

IO

Grandes deuses! Ai de mim! Ai, ai, ai!

PROMETEU

Que prantos! Que soluços e gemidos!
O que farás então quando souberes de tudo?

CORAL

O quê! Tu deves anunciar a ela mais novos sofrimentos!?

---

(19) Bósforo, etimologicamente, significa passagem do boi. (N.T.)

PROMETEU

Sim, um mar de dores desencadeando todas as suas tempestades.

IO

Para que me serve a vida?

Por que espero tanto para me lançar dessa rocha escarpada,

para me despedaçar no chão, para me libertar de todos os meus males?

É melhor morrer uma vez do que ser infeliz todos os dias da vida.

PROMETEU

Qual não haveria de ser teu desespero se tivesses de sofrer minha tortura?

O destino não me permite morrer:

a morte, pelo menos, seria o fim de meu sofrimento.

Mas não! Meus tormentos só terão fim

quando Zeus for alijado de seu trono.

IO

O que estás me dizendo? Zeus alijado de seu trono!

PROMETEU

Sem dúvida, será uma alegria para ti o espetáculo de tal evento?

IO

Como não, visto que Zeus me trata com tanto rigor?

PROMETEU

Essa revolução vai acontecer, podes ter certeza.

IO

E quem irá despojá-lo do cetro da onipotência?

PROMETEU

Ele mesmo, sua imprevidência, sua loucura.

IO

Como? Explica-te, se puderes e se não houver perigo!

PROMETEU

Ele tomará uma esposa que o levará um dia a se arrepender.

IO

Uma deusa? Uma mortal? Fala, se te é permitido dizê-lo.

PROMETEU

Que te importa saber? Esse é um mistério que não devo revelar.

IO

Será a própria esposa que haverá de depô-lo do trono?

PROMETEU

Ela mesma, ao dar à luz um filho mais forte que o pai.

IO

E ele não tem como afastar de si tal infortúnio?

PROMETEU

Não, nenhum, a menos que, libertado dessas correntes, eu...

IO

Quem então irá te libertar, contra a vontade de Zeus?

PROMETEU

Será, tenho certeza, um de teus descendentes.

IO

O que estás dizendo? Teu libertador seria meu filho!

PROMETEU

Sim, o terceiro que nascer, depois de outras dez gerações.

IO

Esse oráculo não é nada fácil para compreender.

PROMETEU

Pois não tentes saber nada mais de teu deplorável futuro.

IO

Ah! Tu me deste esperança, não a frustres!

PROMETEU

Dos dois segredos, concordo em te revelar somente um.

IO

Que segredos? Fala e dá-me o direito de escolher.

PROMETEU

Que seja. Escolhe então: saber os sofrimentos
que ainda te aguardam ou o nome de meu libertador.

CORAL

Dessas duas graças, concede-lhe a primeira; e a nós, a outra.
Não rejeites nossos desejos.
Que Io fique sabendo de tua boca por onde deverá vagar ainda;
a nós, porém, revela o nome de teu libertador: ansiamos sabê-lo.

PROMETEU

Assim exigis, e eu não vos hei de recusar;
direi tudo o que quiserdes saber.
Primeiro. Io, vou relatar tuas correrias agitadas e sem rumo;
grava bem minhas palavras em tua memória.
Atravessarás, portanto, o estreito que separa os dois continentes;
caminharás em direção dessas resplandecentes plagas do Oriente,
em direção das portas luminosas do sol.
Além do mar agitado encontrarás os campos gorgônicos de Cistínia[20].
É lá que vivem as filhas de Fórcis[21],
em primeiro lugar essas três antigas virgens
de cabelos brancos, como cisnes,
que têm para seu triplo uso um só olho, um só dente,
seres que nunca contemplam os raios do sol,

---

(20) Cistínia ou Cistena, cidade desconhecida. (N.T.)

(21) Fórcis, na mitologia grega, era um deus primordial, casou com sua irmã, a deusa Ceto; o casal teve várias filhas, entre as quais, as três Greias, que nasceram com cabelos grisalhos, com um único olho e um só dente; outras três filhas do casal eram as Górgonas, aladas e com serpentes vivas e venenosas como cabelo. (N.T.)

nunca a lua, astro das noites; depois, não muito longe delas,

suas três irmãs aladas, com cabelos de serpentes,

as Górgonas, monstros abominados pelos mortais,

que nenhum homem jamais contemplou sem expirar imediatamente.

Quis te mostrar o perigo que te espera daquele lado.

Ainda há imagens sinistras que devo te descrever.

Evita os Grifos[22] de goela desmesurada, cães furiosos de Zeus;

evita os Arimaspos[23], esses guerreiros de um só olho,

esses cavaleiros incansáveis que habitam às margens

do rio Pluton[24] que rola ouro em suas ondas.

Foge para longe de seus climas.

Vai em frente; penetra na terra distante,

onde, perto das nascentes do sol, habitam os povos negros,

e onde corre o rio da Etiópia.

Caminha pelas margens do rio até chegar às cataratas,

onde, do alto das montanhas de Biblos[25],

o Nilo precipita suas águas sagradas e salutares.

Então o Nilo te levará a essa terra em forma de triângulo,

onde seu curso se divide. É lá, finalmente, que uma grande colônia será fundada por ti e por teus filhos.

Essa é a decisão do destino.

Se há algo em minhas palavras que carece de clareza

e que não compreendes bem, pergunta, que estou pronto para me explicar;

---

(22) Grifos eram lendários monstros híbridos, metade águia (parte anterior) e metade leão (parte posterior), seres alados e ferozes, que atacavam os humanos, comuns a várias civilizações da antiguidade. (N.T.)

(23) Lendário povo guerreiro da Ásia; todos os seus membros tinham um só olho; segundo outros intérpretes, o apelido de caolhos ou de um só olho foi-lhes atribuído porque, ao combater com o arco e flecha, eles fechavam um olho. (N.T.)

(24) Rio desconhecido. (N.T.)

(25) Não há montanhas chamadas Biblos, no Egito. (N.T.)

para tanto, embora contra minha vontade, tenho todo o tempo disponível.

CORAL

Se te resta acrescentar algum detalhe
à história das funestas correrias de Io
ou, se esqueceste alguma circunstância, termina;
mas se já disseste tudo, concede-nos, por nossa vez,
o favor que te pedimos e lembra-te de nosso desejo.

PROMETEU

Io já sabe qual será o fim de suas jornadas;
mas quero provar a ela que minhas palavras não são vãs.
Vou lhe contar, portanto, os tormentos
que ela suportou antes de chegar aqui:
será uma prova da veracidade de minhas previsões.
Deixo de lado uma infinidade de fatos,
para me deter nas mais recentes correrias dela.
Quando chegaste ao país dos molossos[26], perto do Monte de Dodona,
o oráculo e a sede de Zeus da Tesprócia[27];
é ali que Zeus entrega seus oráculos, e se pode escutar,
incrível prodígio! ressoar a voz dos carvalhos.
Clara, sem nenhum enigma, essa voz saudou
tua futura glória como esposa de Zeus;
título que muito te agrada, sem dúvida!
Então a mutuca te picou e tu saíste correndo,
contornando o mar, até o vasto golfo de Reia.

---
(26) Antiga tribo de gregos da região do Épiro, a sudeste da península balcânica. (N.T.)
(27) Tesprócia era o nome dado à parte sudoeste do Épiro. (N.T.)

Dali retrocedeste, sempre fugindo,
sempre vagando, sempre vítima de tuas dores.
Esse mar que se afunda na terra, doravante será chamado,
garanto-te, mar Jônio: monumento eterno
de tua passagem por essas praias.
Essas são, podes muito bem ver, provas
de que minha mente vê além do que aparece aos olhos.
Agora vou revelar a vós, filhas de Oceano,
a vós e a Io também, o resto dos acontecimentos,
retomando minha primeira predição.
Há uma cidade na extremidade do Egito,
uma cidade construída na foz do Nilo,
nas próprias terras do rio: é Canopo.
Ali, Zeus vai restaurar tua razão, vai colocar sua mão
acariciadora em tua fronte; seu toque será suficiente.
E de ti nascerá um filho cujo nome lembrará a origem,
Épafo[28], o negro dono do país que o Nilo
rega com suas abundantes cheias.
A quinta geração depois de Épafo
retornará para se estabelecer em Argos:
cinquenta jovens irmãs cedendo à necessidade
e fugindo do casamento incestuoso dos filhos do tio delas.
Mas eles estão cegos de paixão: como falcões perseguindo pombas,
acorrerão, buscando um casamento do qual deveriam fugir.
Um deus vingador irá atacá-los impiedosamente.
A terra dos pelasgianos[29] receberá seus corpos:
eles perecerão; pois as mulheres terão empunhado a espada assassina,

---

[28] Etimologicamente, do grego *épaphan*, tocar delicadamente. (N.T.)
[29] Designativo dos mais antigos (pré-históricos) habitantes da Grécia. (N.T.)

e terão mantido vigília à noite para realizar o audacioso desígnio.
Cada noiva mergulhará um punhal de dois gumes
no peito do esposo e lhe roubará a vida.
Que Afrodite ataque assim meus algozes!
Uma das jovens, porém, tocada pelo amor,
não matará o companheiro de seu leito.
Sua coragem vacila; entre dois males, escolheu
preferir ser chamada de covarde a assassina.
Dela nascerá, em Argos, uma linhagem real.
Mas a história dessa raça levaria muito tempo para ser detalhada:
basta dizer que dela surgirá um herói, um herói famoso por suas flechas,
e que me livrará de meus tormentos.
Esse é o oráculo que me foi revelado por Têmis,
minha antiga mãe, a mãe dos titãs.
Mas, dizer-te como e quando tudo isso haverá de acontecer,
exigiria muito tempo, e tu não tirarias nenhum proveito em sabê-lo.

10

Céus! Oh, Céus! Um novo delírio me abala, transporta minha alma!
A mutuca me perfura com uma arma aguda que não foi forjada no fogo!
Meu coração, agitado de medo, bate sobressaltado em meu peito;
meus olhos se reviram nas órbitas; o sopro impetuoso da raiva
me leva para longe de mim mesma; minha língua não obedece mais,
e minha razão confusa luta a esmo contra as ondas do amargo infortúnio!

(Ela sai.)

CORAL

Quão sábio era, quão sábio era
aquele que por primeiro concebeu em seus pensamentos,
que por primeiro fez ouvir ao mundo essa máxima:
que é entre iguais que devemos nos aliar; que nisso reside a felicidade;
que o pobre artesão não deve ambicionar a aliança
com o rico suntuoso, com o nobre orgulhoso.

Que jamais, ó Erínias,
ambicionemos partilhar o leito de Zeus!
Que jamais nos unamos como esposas
a qualquer um dos habitantes do céu!
Estremecemos ao ver Io, a virgem casta, torturada por Hera,
e obrigada a fugir sem rumo e sem descanso.

A união entre iguais não apresenta perigo;
não há nada que nos apavore; é a união que almejamos.
Mas que o olho inevitável de um deus muito poderoso
nunca pouse sobre nós! é uma guerra na qual a luta é impossível,
e os esforços são inúteis! O que fazer, então? O que desejar?
Pois não sabemos como escapar das perseguições de Zeus.

PROMETEU

E ainda assim esse Zeus, apesar do orgulho
que enche sua alma, um dia será humilhado.
O enlace ao qual ele se apega o derrubará do alto de seu poder;
cairá do trono, será apagado do império.
Assim se cumprirá plenamente a imprecação

lançada contra ele por seu pai, Cronos,
ao cair do trono após um longo reinado.
Nenhum dos deuses será capaz de lhe ensinar
um meio seguro de evitar esses infortúnios;
ninguém além de mim: só eu conheço um e só eu sei como usá-lo.
Deixa-o agora sentar-se em segurança,
deixa-o brandir os dardos flamejantes em suas mãos.
Dispositivo inútil e que não o impedirá de sofrer
uma queda ignominiosa e irreparável!
Tão terrível será esse adversário que ele agora
está preparando para si mesmo!
Gigante indomável, que encontrará um fogo
mais poderoso que o fogo do raio,
rajadas mais retumbantes que as do trovão,
e que quebrará nas mãos de Poseidon o tridente,
essa arma fatal que levanta os mares e que abala a terra.
Preso nos escolhos do infortúnio, Zeus
irá reconhecer como servir é bem diferente de reinar.

CORAL

Com toda certeza, teus desejos te ditam essas ameaçadoras predições.

PROMETEU

O que eu prevejo é o que acontecerá; e é isso, aliás, o que desejo.

CORAL

O quê! Haveríamos de ver um Zeus obedecendo a um senhor?

PROMETEU

Sim! E haverá de sofrer uma tortura mais intolerável que a minha.

CORAL

E não tremes ao proferir essas palavras?

PROMETEU

Por que haveria de temer, eu, que meu destino é nunca morrer?

CORAL

Mas Zeus pode agravar teus tormentos.

PROMETEU

Bem, que o faça! Estou preparado para tudo.

CORAL

Sábios são aqueles que se prostram respeitosamente diante de Adrasteu![30]

PROMETEU

Honrai, implorai, venerai o poderoso do momento!
Para mim, Zeus é menos que nada a meus olhos.
Que ele siga agindo, que exerça seu poder passageiro
como bem entender; ele não haverá de reinar
por muito tempo sobre os deuses.
Mas vejo que se aproxima o mensageiro de Zeus,

---

[30] Outro nome de Zeus. (N.T.)

o fiel servo do novo tirano.
Sem dúvida, vem me transmitir alguma nova ordem.

HERMES

É a ti, espírito enganador, coração inchado de fel
e de amargura, inimigo confesso dos deuses;
a ti que transmitiste as honras dos deuses aos mortais;
ladrão do fogo celestial, é contigo que falo.
Explica-te, é meu pai que ordena:
qual é o casamento de que falas com tanto prazer,
que haverá de custar o trono a Zeus?
Nada de enigmas comigo; não omitas uma palavra útil:
não me obrigues a voltar com uma segunda mensagem.
Zeus é impiedoso, bem o sabes, com aqueles que lhe resistem.

PROMETEU

Que palavras arrogantes e orgulhosas,
dignas da boca do servidor dos deuses.
Senhores, vosso império é de ontem,
e imaginais que vossos palácios não podem conhecer a dor!
Acaso não vi cair dois tiranos?[31]
E o terceiro, aquele que hoje comanda, verei,
sim, em breve verei sua queda ignominiosa.
Eu sentir medo! Eu tremer diante dos novos deuses!
Não acredites. Longe disso; bem longe disso.
Então volta pelo caminho que te trouxe até mim:
nada mais saberás, tuas perguntas são inúteis.

---

(31) Primeiro, Urano, o mais antigo deus grego e o mais velho deus supremo; o segundo, Cronos, que foi destronado pelo filho, Zeus. (N.T.)

HERMES

Foi por causa desse excesso de orgulho
que mergulhaste nessa desgraça.

PROMETEU

Por teu vil ministério, é bom que o saibas,
eu nunca trocaria minha deplorável sorte.
Prefiro definhar cativo nesse rochedo
a ter Zeus como pai e ser seu dócil mensageiro.
Aos que nos ultrajam, respondamos também com ultraje.

HERMES

Acredito que teu destino atual é tua alegria!

PROMETEU

Minha alegria! Sim. Que eu possa ver meus inimigos
se regozijando assim! E tu és um deles, Hermes.

HERMES

E me recriminas também a mim, por ter parte em tua
desgraça?

PROMETEU

Sim; só tenho uma palavra: odeio todos os deuses,
todos aqueles que, com ingratidão, retribuem
os benefícios que receberam de mim.

HERMES

Entendo, tua razão está perturbada, o delírio é violento.

PROMETEU

Pois, então, que esse delírio perdure!
Se é um mal detestar os inimigos.

HERMES

Tu serias insuportável na prosperidade.

PROMETEU *(solta um grito de dor).*

Ai, ai de mim!

HERMES

Essa é uma exclamação que Zeus não conhece.

PROMETEU

O tempo passa e é um grande mestre.

HERMES

Esse mestre, no entanto, ainda não te ensinou a ser sábio.

PROMETEU

De fato; caso contrário eu falaria contigo, vil escravo?

HERMES

Então não queres dizer nada do que meu pai deseja saber?

PROMETEU

Ah! Devo tanto a ele!
Precisa realmente de uma prova de minha gratidão!

HERMES

Zombas de mim e me tratas como uma criança.

PROMETEU

Não és mais desprovido de razão do que uma criança,

se esperas arrancar de mim alguma resposta?

Não há tortura nem artifício que me force a revelar esse segredo a Zeus,

a menos que minhas funestas correntes tenham sido retiradas antes.

Zeus pode, à sua vontade, fazer brotar a chama cintilante;

Pode, ao mesmo tempo, fazer cair neve em grossos flocos

e fazer rugir os trovões subterrâneos,

pode confundir, perturbar o universo:

nada me dobrará, nada me fará revelar

o nome daquele que deve derrubá-lo de seu trono.

HERMES

De que te serve essa obstinação toda?

PROMETEU

Tudo está previsto, há muito tempo; tudo está programado.

HERMES

Toma jeito, pobre insensato! Decide-te, enfim,

instruído pelas torturas que te atormentam, a dar prova de bom senso.

PROMETEU

Em vão teus discursos me importunam;

é como se falasses às ondas do mar.

Nunca ponhas em tua cabeça que ficarei assustado com a sentença de Zeus;

que ficarei com a mente fraca como uma mulher;

que serei visto, como uma mulher, erguendo meus braços suplicantes

para aquele a quem abomino com todo o meu ódio,

e implorar-lhe que me liberte dessas correntes. Não, jamais!

HERMES

Vejo que meu apelo é inútil e que falar mais seria em vão:
minhas preces não comovem nem dobram teu coração.
Como o jovem cavalo recentemente submetido ao jugo,
mordes o freio, lutas contra as rédeas. Tua raiva de nada vale.
Nada é tão fraco em si como a obstinação da loucura.
Se não seguires meu conselho, que tempestade de males,
que tempestade inevitável irá te engolir.
O trovão, os raios ardentes estão preparados;
meu pai despedaçará esses cumes ásperos em fragmentos,
e teu corpo desaparecerá sob os escombros, sob montes de pedras.
Então, muito tempo passará, e tu reaparecerás à luz do dia.
Mas, então, o cão alado, a águia de Zeus, ávida de sangue,
virá e arrancará impiedosamente enormes pedaços de teu corpo:
conviva não convidado se alimentará todos os dias de teu fígado,
banquete negro e sangrento.
E não acredites que tal tortura algum dia terá fim,
exceto quando um deus se oferecer para suceder a teus sofrimentos,

e estiver disposto a descer à morada obscura de Hades
e às bordas escuras dos abismos do Tártaro.

Agora, decide-te: essa não é uma exibição vã de ameaças;
eu te transmiti a sentença inapelável.

A boca de Zeus não pode mentir:
cada palavra que sai dela se torna realidade.

Examina, pensa com cuidado; e verás
que a obstinada teimosa nunca pode ser comparada à prudência.

CORAL

O que Hermes diz é, a nosso ver, uma coisa bem sensata.

Hermes te exorta a abandonar esse orgulho teimoso,
a seguir o caminho da sabedoria e da prudência. Escuta seu conselho.

Para o sábio, é vergonhoso perseverar na transgressão.

PROMETEU

Eu já sabia dessa mensagem que o miserável
acaba de me transmitir de viva voz. Mas que importa!

Não há vergonha em ser esmagado na luta, inimigo contra inimigo.

E agora caiam sobre mim raios com sulcos tortuosos, com pontas mortais;

que trovões, que o furor dos ventos libere sua raiva no ar;

que seu sopro abale a terra até saltar de seus alicerces e, com impetuosa força, confunda as ondas do mar com os astros da abóbada celeste;

que Zeus lance meu corpo nas profundezas do negro Tártaro,
impelido por uma violência impiedosa e irresistível.

Não importa o que ele possa fazer, ele não vai tirar minha vida!

HERMES
    Esses são os sentimentos, essas são as falas
    de alguém que sofre de demência!
    O que falta no delírio esse infeliz?
    De que lhe serve o infortúnio?
    Seus transportes de fúria estão se acalmando?
    – Mas vós, vós que vos compadeceis de suas dores,
    retirai-vos desses lugares, apressai-vos:
    o horrível estrondo do trovão entorpeceria vossas mentes.

CORAL
    Dá-nos conselhos e poderemos te escutar.
    Acabaste de proferir palavras dolorosas para nossos corações.
    O quê! Comprometer-nos com essa covardia vergonhosa!
    As dores que Prometeu haverá de sofrer,
    delas queremos compartilhar.
    Aprendemos a detestar a traição;
    de todos os vícios, é o que mais aborrecemos.

HERMES
    Pois bem, lembrai-vos pelo menos do que vos anunciei.
    Quando o infortúnio vos envolver, não culpeis a sorte;
    não digais que Zeus vos atingiu com um golpe inesperado.
    Não, a culpa será toda vossa.
    Sabeis o que vos ameaça: sem surpresa, sem artifício;
    será unicamente por vossa insensatez
    que sereis presas nessas redes de infortúnios
    que não deixam escapar sua presa.
    (Hermes sai, e o coral o segue.)

PROMETEU

Ah! essa é a ameaça que está sendo cumprida!
A terra treme; muge o som surdo do trovão em seus flancos;
o relâmpago cintilante traça sulcos flamejantes no ar;
a poeira se levanta em redemoinhos;
todos os ventos sopram;
todas as ventanias opostas colidem em guerra total;
o mar e os céus se confundem!
É precisamente contra mim
que Zeus envia essas espantosa tempestade!
Ó minha mãe, augusta divindade!
e tu, Éter, tu que lanças a tocha de luz sobre o mundo,
tu vês os tormentos a que sou submetido.

OS SETE CONTRA TEBAS

TRAGÉDIA

Personagens da Tragédia

ETÉOCLES[32]
BATEDOR OU ESPIÃO
MENSAGEIRO
ARAUTO
ISMÊNIA[33]
ANTÍGONA[34]
CORAL DAS VIRGENS

---

(32) Édipo, depois de matar Laio, seu pai (sem saber que era seu pai), torna-se rei de Tebas e desposa Jocasta, viúva de Laio, ou seja, a própria mãe (sem saber que era sua mãe); desse casamento incestuoso nascem os filhos Antígona, Ismênia, Etéocles e Polinices. Etéocles sucede a seu pai como rei de Tebas; Polinices, revoltado, se exila e se une a Adrasto, rei da cidade de Argos, rival de Tebas, formando uma coalizão de sete chefes ou comandantes, para tentar recuperar o trono de Tebas. (N.T.)

(33) Ismênia, filha de Édipo, tímida e chocada, afasta-se do pai, depois de saber do casamento de Édipo com a própria mãe. (N.T.)

(34) Antígona, mulher decidida e corajosa, não abandona o pai depois que esse arrancara os próprios olhos ao descobrir que desposara sua mãe; ao fim dessa tragédia, dá provas de sua intrepidez, ao decidir dar sepultamento ao corpo do irmão Polinices que, pelo veredito dos tebanos, deveria ser jogado ao relento, fora dos muros da cidade, para ser devorado pelos cães e pelos abutres. (N.T.)

TRAGÉDIA

ETÉOCLES

Homens de Cadmo[35], aquele que comanda a coisa pública
deve medir suas ordens de acordo com as circunstâncias,
postado na dianteira, mantendo os olhos abertos contra o sono.
Com efeito, se formos vencedores, é aos deuses que devemos a glória;
mas, se algum infortúnio sobrevier
– que isso não venha a acontecer! –,
só Etéocles será vítima dos mil clamores da cidade
e das tumultuosas acusações dos cidadãos.
Que Zeus libertador, digno desse nome,
venha em socorro da cidade de Cadmo!
Agora, que cada um daqueles que ainda estão na flor da juventude
e daqueles que estão já bem adentrados em anos,
venha, com todo o vigor, como convém à própria idade, em auxílio,

---
(35) Cadmo foi um lendário herói grego, fundador de Tebas. O autor dessa tragédia usa sempre Cadmo para significar a cidade de Tebas. (N.T.)

de sua pátria e de seus deuses, para defender nossos filhos e esta terra materna.

Na verdade, foi ela que vos carregou na infância,
enquanto, ainda pequenos, engatinhavam nessa terra,
e que vos criou e vos nutriu, para serem guerreiros devotados
e fiéis defensores no dia do perigo.

Até hoje um deus nos favoreceu, e desde que fomos sitiados,
a guerra não tem sido pior, graças à ajuda dos deuses.

Mas, hoje, o adivinho, mestre dos áugures, que,
sem recorrer à chama dos sacrifícios, infalível em sua arte,
interroga e compreende as aves fatídicas, anuncia que os aqueus
preparam para esta noite o mais terrível ataque contra nossa cidade,

Então, todos, apressai-vos em correr para as portas da cidade
e para junto das muralhas, armados, cobertos de couraças,
posicionados no topo das torres, no limiar das portas,
permanecei firmes e não vos alarmeis com a multidão de sitiantes.

Os deuses farão o resto.

Enviei espiões e batedores para as linhas inimigas.

Estou certo de que não tomarão o caminho errado
e, uma vez informado por eles, estarei a salvo de surpresas.

BATEDEOR (ESPIÃO)

Etéocles, preclaro e valente rei de Cadmo,
aqui estou, com notícias seguras do exército inimigo.

Eu vi todos os preparativos com estes olhos.

Sete guerreiros, comandantes ferozes, recolhendo
num escudo negro o sangue de um touro imolado,
todos eles, com as mãos imersas no sangue da vítima,

juraram por Ares[36], Enyo[37] e Fobos[38], sedentos de sangue,
devastar a cidade e derrubar pela força a cidadela de Cadmo,
ou morrer regando esta terra com o próprio sangue.
Depois dependuraram com as mãos na carruagem de Adrasto[39]
lembranças que serão enviadas aos pais em suas casas;
e derramaram lágrimas, mas sem lamentos saindo de suas bocas.
Seus corações de ferro, que só aspiram a guerra, queimavam
com a fúria de leões que se atiram uns contra os outros.
Logo saberemos no que vão dar essas ameaças.
Deixei-os tirando a sorte, a fim de saber em que porta
cada um deles iria atacar com sua tropa.
Escolhe, portanto, os melhores guerreiros da cidade
e posiciona-os como comandantes nas saídas das portas.
O exército dos argivos[40] já se aproxima e marcha levantando poeira,
e a baba branca que cai da boca dos cavalos arfantes já mancha a planície.
Mas tu, como habilidoso piloto de navio, apressa-te em fortificar
a cidade, antes que Ares desencadeie sua tempestade.
De fato, a onda de guerreiros já ergue seus gritos.
Faz prontamente o que for necessário contra ela.
De minha parte, terei fielmente o dia todo meus olhos abertos

---

(36) Filho de Zeus e de Hera, Ares, na mitologia grega, é o deus da guerra; seu equivalente na mitologia romana é Marte. (N.T.)
(37) Enyo ou Enio era uma deusa guerreira, conhecida como "destruidora de cidades", representada quase sempre armada e coberta de sangue. (N.T.)
(38) Na mitologia grega, Fobos era o deus do terror. (N.T.)
(39) Adrasto, rei da cidade de Argos, rival de Tebas. (N.T.)
(40) Cidadãos ou habitantes da cidade de Argos. (N.T.)

sobre o inimigo, para que tu saibas todos os seus movimentos
e não corras nenhum perigo

ETÉOCLES

Ó Zeus![41] E tu, Gaia![42] E vós, deuses protetores da cidade!
E tu, fatal maldição, fúria desmesurada de meu pai!
Não deixeis uma cidade grega, onde estão vossas moradas,
ser tomada por inimigos, ser destruída até seus alicerces!
Que essa cidade, a terra livre de Cadmo,
nunca seja submetida ao jugo da servidão. Sede nossa força.
Suplico-vos por interesses que nos são comuns,
pois uma cidade próspera sempre honra suas divindades.

CORAL DAS VIRGENS

Aterrorizadas, gritamos, vítimas de grandes e terríveis aflições.
O exército entrou em formação fora do acampamento.
Uma onda veloz de cavaleiros avança contra nossas muralhas.
A poeira do ar a anuncia, mensageira muda, mas segura e fiel.
Gritos e ruídos de armas que se entrechocam na planície
já chegam a nossos ouvidos; voam e são como torrente
irresistível que rola do alto das montanhas.

Ai, ai! Deuses e deusas,
evitai o infortúnio que se aproxima!
O exército de escudos brancos,
com um clamor que rompe nossas muralhas,
avança em ordem de batalha
e se lança impetuosamente contra nossa cidade.

---

(41) Na mitologia grega, Zeus era o deus supremo, pai dos deuses ou rei do Olimpo. (N.T.)
(42) Gaia, na mitologia grega, é a Terra ou a Mãe-terra. (N.T.)

Quem de vós, deuses e deusas, vai nos defender?
Quem virá em nossa ajuda, deuses ou deusas?
Diante de qual das imagens de divindades nos prostraremos?
Imortais habitantes desse templo,
esse é o momento propício para abraçar vossas imagens!
Por que devemos nos tardar em lamentos e gemidos?
Ouvis ou não o ruído estridente dos escudos? Quando,
senão agora, haveríamos de suplicar aos deuses com véus e coroas?

Estamos apavoradas com esse choque de mil lanças.
Antigo protetor dessa terra, ó Ares, o que vais fazer?
Vais trair tua pátria? Ó deus do capacete dourado,
olha, olha para a cidade que tanto amavas outrora!
Deuses tutelares dessa terra, vinde, vinde todos!
Vede essas virgens que vos imploram contra a escravidão.
Uma enxurrada de guerreiros com longos penachos
ruge como furiosa tempestade de Ares[43] em torno da cidade.
E tu, Zeus, pai todo-poderoso, salva-nos das mãos dos inimigos.
Os argivos cercam a cidade de Cadmo, e as armas mortíferas
nos amedrontam; os freios na boca dos cavalos produzem
um rumor lúgubre. Os sete ferozes comandantes
do exército inimigo, resplandecentes com o brilho
de suas armas estão a postos diante das sete portas,
cada um naquela que lhe coube por sorteio.

---

(43) Na mitologia grega, Ares é o deus da guerra; seu equivalente na mitologia romana é Marte. (N.T.)

E tu, ó Palas[44] filha de Zeus,

amiga do combate, sê a protetora da cidade!

E tu, Poseidon[45], rei equestre, senhor dos mares,

que golpeias as ondas com teu tridente,

livra-nos, livra-nos de nossos terrores!

E tu, ó Ares! Ai, ai! Protege bravamente uma cidade

que se chama Cadmo e mostra-te seu grande aliado!

E tu, Cípris[46], mãe de nossos avós,

afasta de nós todos esses males.

Nós somos teu sangue e nossas súplicas,

que clamam a ti, devem ser atendidas.

E tu, deus destruidor dos lobos[47],

sê hoje o destruidor de nossos inimigos!

Presta ouvidos a nossas queixosas vozes.

E tu, amada Ártemis[48], filha de Leto,

retesa bem teu arco!

Ah! Ah! Ouvimos o ruído dos carros de combate

que correm em torno da cidade, ó poderosa Hera![49]

Os eixos dos carros rangem sob o peso das armas.

Ó amada Artemis! Ah! Ah!

Agitado pelas lanças, o ar estremece.

---

(44) Palas, também chamada Palas Atena, era a deusa da sabedoria, da guerra e da justiça, e protetora da cidade de Atenas. (N.T.)

(45) Poseidon ou Possêidon era o deus grego dos mares, dos terremotos, das tempestades e dos cavalos, protetor das águas e dos marinheiros; seu equivalente, na mitologia romana, era Netuno. (N.T.)

(46) Cipris é um dos vários apelativos de Afrodite, deusa da beleza e do amor. (N.T.)

(47) Irmão gêmeo de Àrtemis, Apolo era o deus da beleza, das artes, da música, do sol, da medicina e deus protetor dos pastores, daí o epíteto de "matador de lobos". (N.T.)

(48) Ártemis era a deusa da caça, da vida selvagem e da castidade; era representada quase sempre munida de arco e flecha. (N.T.)

(49) Hera, por ser esposa de Zeus, era a deusa mais importante do panteão grego; era cultuada como deusa das mulheres, do casamento e da família. (N.T.)

Que destino terá nossa cidade de Tebas?
O que vai acontecer?
Que destino lhe preparam os deuses? Ai! Ai!
Uma chuva de pedras cai no alto das ameias,
ó amado Apolo!
O som dos escudos de bronze ressoa nas portas,
e o sinal sagrado da batalha partiu de Zeus.
E tu, abençoada árbitra da guerra,
rainha imortal dos combates, filha de Zeus,
Onca[50], cujo templo está diante de Tebas,
defende a cidade das sete portas!

Ó deuses todo-poderosos, deuses e deusas,
guardiões supremos dessa terra, não entregueis
essa infeliz cidade a um exército estrangeiro.
Escutai, escutai virgens tímidas que, de mãos
estendidas, vos dirigem as fervorosas súplicas.
Ó amadas divindades,
protetoras habituais dessa cidade, provai que a amais,
vigiai vossos templos, vigiai-os para defendê-los.
Lembrai-vos de vossas festas, quando
tantas vítimas vos são imoladas.

ETÉOCLES

Eu vos pergunto, insuportáveis criaturas,
odiadas pelos sábios! Será que é servir e salvar a pátria,
será que é encorajar nossos soldados sitiados
cair prostradas diante das imagens desses deuses

---

[50] Onca ou Onka era um dos muitos títulos de Atena, deusa da sabedoria, da guerra e da justiça, protetora da cidade de Atenas (veja a nota 13); o título de Onca relembrava a cidade de Onka, na região grega da Beócia, onde havia um templo dedicado a Atena. (N.T.)

tutelares com essas queixosas súplicas e gritos?
Sexo odiado pelos sábios! Que jamais,
seja na desgraça, seja na prosperidade,
eu coabite com uma mulher!
Longe do perigo, seu atrevimento é intolerável;
no perigo, nada mais faz que agravar
os males da família e de todo o povo.
Agora, por seu tumulto e por suas correrias insensatas,
lançam o desânimo desencorajador entre os soldados,
prestando grande serviço à causa dos inimigos.
Somos nós mesmos que dentro de nossas muralhas
trabalhamos para nosso dano e perda.
Isso é o que ganhamos a conviver com mulheres!
Mas se alguém não obedecer a minhas ordens,
seja homem, mulher ou mesmo criança,
a sentença de sua morte será irrevogável;
nada de perdão; será apedrejado pelo povo.
Cabe ao homem, e não à mulher, todo o cuidado
fora de casa; tranquila no lar, que ela não perturbe.
Estou sendo claro e preciso ou não?
Estou falando com pessoas surdas?

CORAL DAS VIRGENS

(Estrofe A)

Ó querido filho de Édipo, ficamos apavoradas
ao ouvir o estrondo dos carros de combate,
os ruídos dos eixos com o girar das rodas
e o rangido dos freios contra os dentes dos cavalos,
som desse ferro forjado no fogo e que agora os dirige.

ETÉOCLES

O quê? Quando a tempestade fustiga o navio,
será que é fugindo da popa até a proa
que o marinheiro pode escapar do naufrágio?

CORAL DAS VIRGENS
(Antístrofe A)
Cheias de confiança nos deuses,
corremos aos pés dessas antigas estátuas;
o rumor de uma chuva mortífera de dardos
tilintava contra nossas portas.
Tomadas de medo, elevamos nossas súplicas aos imortais,
a fim de que eles estendessem sua proteção sobre a cidade.

ETÉOCLES

Implorai para que essas torres resistam ao inimigo.

CORAL DAS VIRGENS

Certamente, isso depende dos deuses.

ETÉOCLES

Mas uma cidade uma vez tomada, seus deuses, dizem, a abandonam.

CORAL DAS VIRGENS
(Estrofe B)
Que, enquanto estivermos vivas,
a assembleia dos deuses nunca nos abandone!
Que nunca cheguemos a ver essa cidade saqueada
e seu povo vítima do fogo inimigo!

ETÉOCLES

Ao invocar os deuses, cuidai para nos levar à ruína.
Mulheres! A obediência é a mãe da salvação.

O CORO DAS VIRGENS

(Antístrofe B)

Sim, mas o poder dos deuses é mais forte.
Muitas vezes, na noite espessa da desgraça,
ele dissipa as nuvens suspensas sobre nossos olhos.

ETÉOCLES

Cabe aos homens fazer os sacrifícios e interrogar
os deuses quando o inimigo se aproxima.
Tudo o que vós tendes a fazer
é ficar quietas e trancadas em casa.

CORAL DAS VIRGENS

(Estrofe C)

Graças aos deuses, habitamos numa cidade invencível,
e a torre resiste aos esforços do inimigo.
Acaso te indignas diante dessas palavras?

ETÉOCLES

Não vos recrimino por prestar honras aos deuses;
mas para não desencorajar nossos soldados,
mostrai-vos serenas e moderai vossos temores.

CORAL DAS VIRGENS

(Antístrofe C)

Quando ouvimos esse repentino estrondo,

tomadas de terror, nos refugiamos nessa cidadela,
venerável e precioso refúgio.

ETÉOCLES

Agora, se ouvirdes falar de mortos e feridos,
não lamenteis por eles, pois Ares festeja
e se alimenta desses terrores dos mortais.

CORAL DAS VIRGENS

Ah! Estamos ouvindo cavalos relinchando!

ETÉOCLES

Pois escutando-os, fingi não escutá-los!

CORAL DAS VIRGENS

A cidadela geme em seus alicerces, cercada de inimigos.

ETÉOCLES

Cabe a mim cuidar disso.

CORAL DAS VIRGENS

Estamos morrendo de medo; o barulho aumenta nas portas.

ETÉOCLES

Não podeis ficar em silêncio e não divulgar nada disso na
cidade?

CORAL DAS VIRGENS

Ó todos vós, deuses, não entregueis essas muralhas!

ETÉOCLES

Miseráveis! Não conseguis aguentar em silêncio?

CORAL DAS VIRGENS

Ó deuses de Tebas! Salvai-nos da escravidão!

ETÉOCLES

A escravidão! Mas é para ela que correis,
arrastando-me também a mim e a cidade inteira.

CORAL DAS VIRGENS

Ó todo-poderoso Zeus, lança tuas flechas contra nossos inimigos!

ETÉOCLES

Ó Zeus, por que criaste e nos deste as mulheres! Que triste raça!

CORAL DAS VIRGENS

Seremos tão miseráveis quanto os homens, se a cidade for tomada.

ETÉOCLES

E continuais murmurando aos pés dessas estátuas!?

CORAL DAS VIRGENS

Somos fracas. O terror trava nossas línguas.

ETÉOCLES

Podereis, acaso, conceder-me um pequeno favor?

CORAL DAS VIRGENS

Fala logo, para que possamos saber.

ETÉOCLES

Guardai silêncio, infelizes! Não amedronteis nossos guerreiros.

CORAL DAS VIRGENS

Vamos ficar caladas. Nossa sorte será a dos tebanos.

ETÉOCLES

É o que realmente prefiro. E parem também
de abraçar essas estátuas, e peça aos deuses,
o que é bem melhor, que nos deem assistência.
Escutai os votos que vou pronunciar e vós respondereis
a eles em seguida com hinos propiciatórios,
com esses cantos sagrados com os quais os gregos
costumam acompanhar os sacrifícios, encorajando
desse modo nossos soldados e afugentando
de seus corações o medo que o inimigo transmite.
Pelos deuses, portanto, dessa cidade,
pelos deuses guardiões dos campos e da cidadela,
pelas fontes de Dirce[51], sem esquecer aquelas
de Ismeno[52] juro que, se sairmos vitoriosos,
se Tebas for salva, nós vamos tingir de vermelho
seus altares com o sangue de ovelhas e touros
e que, levando nossos troféus em suas santas moradias, lhes
consagraremos as armas e os despojos do inimigo derrotado.
Esses são os desejos que devem ser dirigidos aos deuses,

---

(51) Dirce era uma ninfa, sacerdotisa de Dionísio, deus do vinho e das festas. (N.T.)
(52) Deus de um rio que leva seu nome. (N.T.)

sem gemidos, sem lamentações vãs e selvagens,
lamentos que não vos salvarão do destino fatal.
Eu mesmo vou posicionar nas sete saídas das muralhas
seis guerreiros e eu, o sétimo, dignos adversários
de nossos inimigos, para fortalecer a defesa das portas,
antes que as notícias rápidas, que os rumores que voam
e se multiplicam, nos ponham em perigo iminente.

CORAL DAS VIRGENS

(Estrofe A)

Vamos obedecer; mas o medo impede
que nossos corações se apaziguem.
Sempre presente, a ideia do inimigo cercando
nossas muralhas desperta o terror em nossas almas.
Assim como a frágil pomba, inquieta habitante de
um ninho infeliz, teme a serpente por seus filhotes.
Um exército inteiro, todo um povo marcha
contra nossas muralhas. O que vai acontecer conosco?
Uma chuva de pedras cai de todos os lados
E em todos os lugares sobre nossos soldados.
Por todos os meios, ó deuses, filhos de Zeus,
salvai a cidade e o povo de Cadmo!

(Antístrofe A)

Em que terra melhor ireis habitar,
se abandonardes ao inimigo
essa terra fértil e as águas de Dirce,
a mais salutar de todas as fontes
disseminadas no solo, e o deus Poseidon

que cerca a terra e os filhos de Tétis?[53]
Então, ó deuses protetores dessa cidade,
enviai para aqueles que estão fora de nossos muros
o terror que perturba os guerreiros e os faz depor as armas,
dai a vitória aos nossos, e, salvadores dessa cidade,
permanecei aqui para sempre em vossos templos,
em resposta a nossas insistentes súplicas.

(Estrofe B)
Seria espetáculo tenebroso ver essa antiga cidade
descer ao túmulo! Vê-la escrava, vítima da lança,
reduzida a cinzas, vergonhosamente abandonada
pelos deuses às devastações do aqueu!
E as mulheres, ai, ai!, jovens e velhas, arrastadas
pelos cabelos como ovelhas e com os véus rasgados!
E toda a cidade como um deserto, de onde
se elevariam os gritos confusos dos cativos degolados.

(Antístrofe B)
Triste sorte para as virgens,
tenras flores apenas desabrochadas,
ao vê-las, antes da solenidade do casamento.
sendo transplantadas por uma mão odiosa
para um solo estrangeiro.
Ah! Morrer! Sim, morrer é mil vezes melhor!
Pois são infinitos os males que uma cidade
conquistada sofre. Em toda parte vinga
a escravidão, o assassinato, o incêndio.

---

(53) Na mitologia grega, Tétis era uma ninfa do mar, uma das cinquenta nereidas, filhas de um antigo deus marinho. (N.T.)

A cidade toda fica tomada pela fumaça;
Ares, o destruidor dos povos,
insufla a raiva e sufoca toda a piedade.

(Estrofe C)
Na cidade, ressoam clamores confusos;
Em torno da cidade, um cerco de torres...
O homem é morto pelo homem com a lança.
A criança que acaba de nascer expira
aos gemidos inarticulados no colo da mãe.
Aqui estão os saqueadores, companheiros de tumultos.
Aquele que vai saquear se encontra com aquele
que já saqueou; todos querem sua parte no butim;
mas todos querem a maior e melhor porção.
Que esperar, diante dessas tristes cenas?

(Antístrofe C)
Com muita dor, vemos todas as ruas
cobertas de frutas de todas as espécies...
Sob o olhar entristecido das mulheres,
todos os dons da terra se espalham
são levados pelas águas lamacentas.
As jovens, subitamente assoladas
por um infortúnio novo para elas,
serão as miseráveis escravas
de um vencedor feliz, de um inimigo triunfante!
Ah! Que a noite da morte me preserve
desses deploráveis males!

PRIMEIRA METADE DO CORAL

Amigas! Esse batedor, creio eu,
nos traz algumas notícias do exército inimigo.
Ele se apressa e acelera seus passos.

SEGUNDA METADE DO CORAL

O próprio rei, filho de Édipo, se aproxima
para saber da notícia do enviado batedor.
Como esse último, ele acelera seus passos.

BATEDOR

Bem informado, posso te fazer um relato fiel
dos preparativos dos inimigos e te dizer o que
a sorte decidiu para o ataque a cada uma das portas.
Já Tideu[54] estremece irado diante da porta Proitos[55],
pois o adivinho lhe proíbe a travessia do rio Ismeno,
porque os sinais sagrados não são propícios.
E Tideu, furioso e ávido de combate,
como um dragão no calor do meio-dia,
grita e insulta o prudente adivinho,
acusando-o de recuar covardemente
diante do combate e da morte.
Enquanto grita assim, sacode os penachos
que enfeitam seu elmo; e os sininhos de bronze
que circundam seu escudo ecoam espanto e terror.
Nesse escudo traz um emblema orgulhoso:

---

(54) Tideu é um dos sete chefes ou comandantes da coalizão que se prepara para atacar a cidade de Tebas. (N.T.)

(55) Proitos, uma das sete portas que permitem entrar e sair da cidade; no longo diálogo que se segue entre o batedor ou espião e Etéocles, o batedor declina alguns dos nomes com que eram conhecidas essas portas, como Electra, Onca Atena e assim por diante. (N.T.)

o céu resplandecente de estrelas; e, no centro,
a rainha dos astros, a lua, em todo o seu esplendor.
Furioso e orgulhoso de suas magníficas armas,
levanta clamores e se agita às margens do rio,
ávido de combate, como o garanhão,
ofegante contra o freio, que se revolta,
esperando o som da trombeta para disparar.
Que guerreiro é que lhe oporás?
Quem, no assalto que vai comandar,
quem será capaz de lhe resistir?

ETÉOCLES

Ornamentos de guerreiros não me amedrontam.
Os emblemas, por mais insolentes que sejam, não ferem,
as plumas e os sininhos não matam sem a lança.
Essa noite, que dizes estar gravada no escudo
e que brilha com as estrelas do firmamento,
talvez seja um sinal da sorte de um insensato.
Se a sombra da morte cobrir hoje os olhos
daquele que ostenta esse emblema insolente,
a noite terá sido presságio verdadeiro e certo,
e ele mesmo terá previsto o próprio opróbrio.
Eu oporei a Tideu, como defensor da porta,
o bravo filho de Ástaco, guerreiro generoso,
que respeita o trono da honra e odeia
discursos presunçosos; só teme a vergonha
e não sabe o que é ser covarde.
Filho dessa terra, verdadeiro tebano é Melanipo,
um daqueles que Ares poupou, e é justamente
Ares que vai decidir o sucesso da batalha;

mas para defender da espada inimiga a terra
em que nasceu, é Melanipo, entre todos,
que o direito de sangue designou.

CORAL DAS VIRGENS
(Estrofe A)
Possam os deuses favorecer o guerreiro
que luta com justiça por essa cidade!
Mas tememos ver tombar nossos fiéis defensores!

BATEDOR
Possam, de fato, os deuses lhe conceder a vitória!
Capaneu foi sorteado para a porta Electra.
Mais terrível que Tideu, é um gigante,
e sua audácia não é comum entre os mortais.
E que a sorte possa desviar o efeito
das ameaças que lança contra nossas torres.
Quer os deuses o vigiem ou não,
ele jura que vai arrasar essa cidade;
O raio do próprio Zeus, lançado
sobre o solo que ele pisa não poderia detê-lo.
Compara raios e trovões ao mero calor do meio-dia.
Seu emblema é um homem despido
que carrega nas mãos uma tocha acesa;
e sua divisa, em letras de ouro, diz:
"Vou queimar essa cidade!"
Quem enviar contra tal guerreiro?
Mas quem ousará marchar contra ele?
Quem terá a intrepidez de enfrentar
sem tremer um inimigo tão insolente?

ETÉOCLES

Diante dessa insolência a vantagem é nossa.
A vã presunção do homem se trai por suas palavras.
Capaneu ameaça e, pronto para tudo ousar,
menospreza os deuses, soltando a língua;
tomado de insensata alegria, simples mortal,
grita seus ultrajes aos céus, desafiando a Zeus.
Tenho plena certeza de que em breve cairão
sobre ele raios em fogo, justo castigo de seu delírio,
e não serão meros calores do meio-dia.
Apesar de sua arrogância, a ardente coragem,
a força de Polifonte, que lhe oponho,
serão para nós uma barreira intransponível,
se nossa protetora Ártemis e se todos os outros
deuses nos derem, como sempre, sua assistência.
Prossegue e fala, portanto, qual o novo chefe
que a sorte destinou para atacar outra porta.

CORAL DAS VIRGENS

(Antístrofe A)

Que pereça o autor dessas terríveis ameaças!
Que o raio o detenha bem antes que
ele invada nossos lares e que sua lança insolente
nos expulse de nossos aposentos virginais!

BATEDOR

Vou dizer aquele que a sorte destinou
em seguida para atacar nossas portas.
O terceiro nome que foi tirado por sorte
do fundo do capacete de bronze é Etéoclo

e a porta Neistas é a que ele deve atacar.
Ele mal consegue conter seus cavalos
espumando nos justos e apertados freios,
impacientes por avançar contra nossas muralhas.
Pelas focinheiras escapa com um assobio
estranho o sopro ardente de suas narinas.
Seu escudo é adornado com um emblema incomum:
um soldado escalando uma torre para tomá-la
de assalto e, de sua boca, saem estas palavras:
"Que o próprio Ares não venha a repeli-lo!"
Envia contra esse chefe guerreiro
um adversário capaz de afastar de Tebas
o ignominioso jugo da escravidão.

ETÉOCLES

Enviarei esse, mas não sem confiança em seu sucesso:
Megareu, filho de Creonte; seu braço não carrega escudo
com emblema arrogante, mas marchará para o combate
sem se amedrontar com os relinchos dos furiosos cavalos.
Morrerá pagando o que deve à terra que o alimentou,
Ou, senhor ao mesmo tempo dos dois homens
da fortaleza representada no escudo de seu inimigo,
ornará de despojos o palácio de seu pai.
Apresenta-me, porém, o nome de outro chefe,
fala e não tenhas medo de me irritar.

CORAL DAS VIRGENS

(Estrofe B)

Que tu possas triunfar, ó defensor de nossos lares!
Que nossos inimigos possam sucumbir!

Às insolentes ameaças que em seu furor
lançam contra nossa cidade, que Zeus vingador
responda com um olhar de cólera!

BATEDOR

O quarto chefe, aquele que deve atacar
a porta vizinha de Onca Atena[56]
é o terrível Hipomedonte, de gigantesca
estatura e que avança aos gritos.
Tremi de medo ao vê-lo girando seu escudo.
Não foi um artesão inexperiente
que gravou essa obra no escudo:
Tifão[57] soprando com sua boca
que vomita fogo e fumaça negra.
Toda a borda do escudo é ornada
de entrelaçadas serpentes incrustadas.
Hipomedonte lança gritos de triunfo;
inspirado por Ares, parecendo uma bacante,
o furor do combate já o enleva,
seus olhos lançam faíscas de terror.
Previne-te contra a força desse guerreiro,
pois suas provocações já difundiram
o terror junto de nossas portas.

ETÉOCLES

---

[56] Um dos muitos nomes ou títulos pelos quais era conhecida e cultuada a deusa Atena; veja a nota 19. (N.T)

[57] Tifão era um monstro horripilante, deus primordial na mitologia grega, que nascera para acabar com Zeus e com o Olimpo. (N.T.)

Antes de tudo, Onca Palas[58] está
na cidade baixa, perto dessa porta;
irritada com a injuriosa audácia,
haverá de defender seus filhos
dos ataques desse dragão furioso.
O homem que oponho a esse homem
é o valente Hipérbio, filho de Enope,
ansioso por tentar a sorte no combate.
Em coragem, em força e em armas
não perde para seu rival.
Hermes[59] foi generoso em dotá-los.
Os dois guerreiros são inimigos e, além disso,
trazem em seus escudos os deuses inimigos
de um e outro. Um deles tem Tifão, que vomita fogo;
mas Zeus está no escudo de Hipérbio, em pé,
segurando o raio flamejante nas mãos,
Zeus que jamais conheceu vencedor.
Sabemos a amizade que esses deuses têm...
Nós estamos com os vencedores, eles com os vencidos;
se é verdade que Zeus vence Tifão na luta.
não é um presságio da sorte dos dois adversários?
Zeus, cuja imagem está no escudo de Hipérbio,
dará a vitória ao guerreiro que o carrega.

CORAL DAS VIRGENS

(Antístrofe B)

Confio que aquele que traz em seu escudo

---

(58) Outra forma de se referir à deusa Atena ou um dos muitos títulos com que era conhecida e cultuada; veja também as notas 13, 19 e 25. (N.T.)

(59) Na mitologia grega, Hermes era o deus da riqueza, do comércio, dos ladrões e das viagens. (N.T.)

a imagem da divindade subterrânea,
do odiado inimigo de Zeus, essa imagem, odiada
pelos mortais e pelos deuses imortais,
cairá, de cabeça, diante de nossas portas.

BATEDOR

Que assim seja! Chego ao quinto chefe,
ao qual coube, por sorte, a porta Boreia,
perto do túmulo de Anfion[60], filho de Zeus.
Pela lança que ele tem nas mãos,
que lhe é mais sagrada que os deuses,
mais cara que a menina de seus olhos,
jura que saqueará a cidade de Cadmo, apesar de Zeus.
Assim fala o soberbo rebento de uma ninfa
das montanhas, rapaz de aparência viril,
com suas bochechas mal cobertas de penugem,
que cresce e se adensa pela seiva da puberdade;
mas cruel em seu coração, feroz em seu olhar,
de uma virgem tem unicamente o nome.
Com que insolência marcha contra nossa porta!
Em seu escudo, abrigo esférico de seu corpo,
carrega, preso por pregos, o flagelo da cidade,
a Esfinge[61] sanguinária, imagem brilhante e cinzelada.
O monstro, resplandecente e assustador, mantém
em suas garras um homem, um tebano, destinado,
sem dúvida, a receber todos os nossos dardos.

---

(60) Anfion ou Anfião, segundo a mitologia grega, era filho de Zeus e de Antíope, rainha de Tebas. (N.T.)

(61) Na mitologia grega, a Esfinge era um monstro fabuloso com corpo, garras e cauda de leão, cabeça de mulher e asas e garras de águia; propunha enigmas aos viandantes e devorava aqueles que não conseguiam decifrá-los. (N.T.)

Não veio para fugir da batalha, nem veio de muito longe
para cair em desgraça, Partenopeu, o arcadiano!
Tal é o guerreiro que, acolhido entre os argivos,
paga-lhes o preço dos cuidados recebidos em Argos,
ameaçando nossas torres, confundindo até os céus.

ETÉOCLES

Certamente, se eles forem tratados pelos deuses
como mereceria seu orgulho, perecerão todos
e com funesta morte, eles e sua ímpia arrogância.
Ao arcadiano de que falas, oporei um guerreiro
sem jactância, mas cujo braço sabe agir:
Actor, irmão do último que citei, Hipérbio;
Actor, que não permitirá que uma língua
sem controle venha aumentar nossos males,
nem que um braço inimigo mostre em seu escudo
a imagem da fera, o mais odioso dos monstros.
Atingida por mil golpes aos pés de nossas muralhas,
essa imagem se tornará a própria vergonha
e o merecido opróbrio de quem a carrega.
Que os deuses cumpram minha predição!

CORAL DAS VIRGENS

(Estrofe C)

O que ouvimos nos penetra de horror,
Nossos cabelos se arrepiam
com as insolentes ameaças
desses ímpios blasfemadores.
Que os deuses façam com que
encontrem aqui sua perdição!

BATEDOR

O sexto chefe é o sábio e
corajoso adivinho Anfiarau.
Designado para atacar a porta Homoloide,
ora é Tideu, que amaldiçoa, Tideu, o homicida,
o perturbador da cidade, o autor de todos os males de Argos,
o provocador de Erínias[62], ministro da morte,
o pérfido conselheiro de Adrasto[63];
ora é teu irmão, o robusto Polinice,
do qual decompõe o nome em duas partes,
proferindo estas palavras:
"É uma obra agradável aos deuses,
gloriosa hoje e memorável para sempre,
a de devastar pelas armas de estrangeiros
a cidade de teus pais e os templos de teus deuses.
As lágrimas de tua mãe, que vingança as secará?
Tua terra natal, uma vez entregue à espada
por tua violência, como ficará apegada a ti?
Eu fertilizarei essa terra com meu sangue,
como adivinho enterrado em solo inimigo.
Combatamos! Pelo menos não morrerei sem honra."
Assim fala o adivinho, agitando seu escudo
de bronze, bem acabado, mas sem emblema.
Ele não quer parecer bravo, mas quer sê-lo de verdade.
Em sua alma, como num fértil sulco,
germinam sábias resoluções.
Aconselho-te a lhe opor guerreiros sábios e valentes.
Deve ser temido aquele que teme os deuses.

---

(62) As Erínias, na mitologia grega, eram a personificação da vingança; eram três: Tisífone, Megera e Alecto; na mitologia romana, eram chamadas Fúrias. (N.T.)

(63) Adrasto, um rei de Argos. (N.T.)

ETÉOCLES

É um destino maligno que fez de um homem
justo companheiro de homens perversos.
O pior é ter maus companheiros;
disso não colhemos frutos, porque
é um campo de desgraça, que só traz a morte.
De fato, quando um homem piedoso
sobe num navio com marinheiros ímpios,
capazes de tudo, ele perece com essa raça
de homens, raça aborrecida pelos deuses;
ou, quando um homem justo vive
entre cidadãos inóspitos e infiéis aos deuses,
é envolvido, inocente, na mesma rede, e cai,
atingido como os demais, pela ira divina.
Como esse adivinho, filho de Oicleu,
um homem prudente, justo, corajoso e piedoso,
e grande profeta, misturou-se contra sua vontade
com esses homens ímpios e blasfemadores;
mas, quando eles retomarem a longa jornada,
ele também fugirá e, pela vontade de Zeus,
será arrastado para a ruína, como eles.
Mas espero que não ataque nossas portas,
não por falta de coragem e de decisão,
mas sabendo que deverá perecer na luta,
se os oráculos de Apolo forem verdadeiros,
desse deus que sempre se cala ou diz a verdade.
Se, todavia, ele atacar a porta, Lástenes a defenderá.
Cheio de ódio para com esses estrangeiros,
Lástenes tem o espírito de um ancião
e o corpo de um jovem; seu olhar é perspicaz,

e sua mão é rápida em tomar a lança e golpear.
Mas o sucesso dos mortais é uma dádiva dos deuses!

CORAL DAS VIRGENS
(Antístrofe C)
Deuses! Escutai nossas justas preces,
tornai a cidade vitoriosa
e voltai contra nossos inimigos
os males que a lança nos traz.
Que Zeus, com seu raio,
os destrua diante de nossas muralhas!

BATEDOR
Vou falar do sétimo, aquele que
a sorte destinou para atacar a sétima porta.
É teu irmão, que lança
suas maldições contra essa cidade.
Ele quer subir no alto de nossas torres,
proclamar-se nosso rei, entoar o hino da vitória,
te dar e receber tua morte ou, se viveres,
vingar-se de seu vergonhoso exílio
que tu lhe infligiste e que te desonra.
Esses são seus anseios e invoca todos
os deuses da pátria como testemunhas.
Ele carrega um escudo rico, recém-feito,
e nele estão representadas duas figuras:
um guerreiro todo cinzelado a ouro,
precedido por uma mulher majestosa.
Nas palavras inscritas, essa mulher anuncia:
"Eu sou a Justiça e trarei esse homem

de volta e lhe restituirei sua pátria
e a herança de seus pais."
Esses são os emblemas desses chefes.
Vê, sem tardar, quem vais opor a teu irmão.
Nunca poderás te queixar de meus relatos.
Mas cabe a ti salvar o navio que ora conduzes.

ETÉOCLES

Ó deplorável raça de Édipo,
abominada pelos céus e odiada pelos deuses!
Ai! Ai! Hoje se cumprem as maldições de um pai!
Mas não convém dar-se a queixas e lágrimas,
nem entregar-se a gemidos insuportáveis.
Em breve saberemos, ó Polinice,
para que te servirá esse emblema,
e se essas insolentes divisas
gravadas em ouro em teu escudo
te trarão de volta para Tebas.
Certamente te trariam de volta,
se a Justiça, essa virgem filha de Zeus,
dirigisse realmente teu coração e teu braço.
Mas nem quando saíste do ventre de tua mãe,
nem em tua infância, nem em tua adolescência,
nem depois que a barba cresceu em teu queixo,
a Justiça se dignou alguma vez olhar para ti.
Como podes crer que, para a ruína de tua pátria,
ela se disponha a combater a teu lado?
Certamente seria de todo injusto ser chamada Justiça,
se viesse em auxílio de um homem que ousa de tudo.

Por isso, com confiança, eu mesmo marcharei contra ti.
Poderia eu escolher qualquer outro?
Rei contra rei, irmão contra irmão,
rival contra rival, meu lugar está definido.
Vamos, manda alguém trazer minha armadura,
salvaguarda contra a lança e contra as flechas.

CORAL DAS VIRGENS

Ó mais querido dos homens, filho de Édipo,
não sejas como o mais execrando dos mortais.
Basta que os tebanos lutem contra os argivos.
Esse sangue pode ser expiado;
mas o assassinato mútuo de dois irmãos,
nenhum tempo pode apagar esse crime.

ETÉOCLES

Todos os males, sem vergonha alguma, eu os aceitarei,
pois a honra é o único bem entre os mortos.
Mas sofrer tudo, mesmo a vergonha,
não podereis dizer que é glorioso.

CORAL DAS VIRGENS

(Estrofe A)

Ainda persistes, meu filho!
Cuida para não te deixar levar
pela raiva cega que enche teu coração;
sufoca qualquer desejo criminoso.

ETÉOCLES

Visto que os deuses apressam os acontecimentos,
deixa que a raça de Laio[64], odiada por Apolo, desça
toda ela, levada pelos ventos, até as águas do rio Cócito!

CORAL DAS VIRGENS

(Antístrofe A)

Uma paixão demasiado cruel te impele
a verter um sangue que é sagrado.

ETÉOCLES

A odiosa maldição de um pai se cumpre;
ela me incentiva, com olhos secos de lágrimas,
a pensar que a morte mais rápida é a melhor.

CORAL DAS VIRGENS

(Estrofe B)

Mas não precipites o instante fatal.
Não serás chamado de covarde
por teres conservado tua vida inocente.
As negras e tempestuosas Erínias
não entram na morada daqueles
cujos sacrifícios são agradáveis aos deuses.

ETÉOCLES

Os deuses... há muito tempo que nos rejeitaram.
Nossa ruína é a única coisa que pode lhes agradar.
Haveria de recuar, então, diante da sorte que quer me perder?

---

(64) Laio, pai de Édipo, e, portanto, avô de Etéocles e de Polinice. (N.T.)

CORAL DAS VIRGENS

(Antístrofe B)
    Certamente, agora, um espírito te pressiona;
    mas uma divindade pode mudar seu plano
    e fazer soprar um vento mais favorável.
    Hoje, porém, esse vento é uma tempestade.

ETÉOCLES

    As maldições de Édipo formam essa tempestade.
    Eram todas verdadeiras, aquelas imagens
    dos sonhos, que me mostravam como
    deveria ser dividida a herança paterna.

CORAL DAS VIRGENS

    Escuta as mulheres, mesmo que não gostes delas.

ETÉOCLES

    Aconselhai-me coisas que eu possa fazer, mas sede breves.

CORAL DAS VIRGENS

    Não vás para a sétima porta.

ETÉOCLES

    Estou decidido; vossas palavras não me deterão.

CORAL DAS VIRGENS

    Os deuses estão com os vitoriosos, mesmo que covardes.

ETÉOCLES

    Não é conveniente dizer isso a um soldado.

CORAL DAS VIRGENS

Mas então queres derramar o sangue de teu irmão!

ETÉOCLES

Se os deuses nos assistirem, sua morte é certa.

CORAL DAS VIRGENS

(Estrofe A)

Estamos dominadas pelo horror.
A deusa destruidora das famílias,
deusa e diferente dos outros deuses,
essa infalível e sinistra profetisa,
Erínia, fúria implacável de um pai,
vai cumprir as terríveis imprecações
que Édipo lançou em seu furor.
Essa discórdia incontrolável
leva seus filhos à perdição.

(Antístrofe A)

O ferro, hóspede cruel, que o bárbaro cálibe
nos trouxe da Cítia, vai decidir sua sorte.
Odioso distribuidor das heranças
de tantas vastas posses, ele não deixará
senão a terra suficiente para cobrir os mortos.

(Estrofe B)

Quando mutuamente feridos por golpe mortal
Tiverem sucumbido; quando a terra tiver
bebido o sangue negro do assassinato,

que nunca expiará, quem lavará esse crime?
Ó nova calamidade que se soma
aos antigos males dessa casa!

(Antístrofe B)
Chamamos mal antigo o delito de Laio
prontamente punido nele, e que agora
se prolonga até a terceira geração.
Em vão do fundo do santuário situado
No centro da terra, Apolo por três vezes
lhe havia dito que, para salvar Tebas,
ele deveria morrer sem filhos.

(Estrofe C)
Mas cedendo aos conselhos de seus amigos,
ele gerou a própria perdição, o parricida Édipo,
que engravidou o casto ventre que o havia concebido;
e com isso também gerou uma raça sanguinária.
Esposos insensatos! Que loucura vos unia?

(Antístrofe C)
As ondas de um mar de infortúnios nos cercam.
Quando um cai, o outro, mais temível, levanta
e troveja contra a popa do navio.
Um fraco baluarte permanece entre nós e a morte
e tememos que Tebas caia com seus reis.

(Estrofe D)
Deve se cumprir a antiga imprecação
que exigia um funesto acordo.

Uma vez aberta, a fonte dos males não seca mais.
Em vão um mortal ávido acumula tesouros
em seu navio; logo terá de alijar a carga.

(Antístrofe D)
Quem entre os homens foi mais honrado
do que Édipo pelos deuses, pelos cidadãos
e pela multidão dos vivos, quando libertou
essa terra da Esfinge, flagelo dos mortais?

(Estrofe E)
Mas assim que soube, o infeliz,
que seu casamento era incestuoso,
tomado de desespero e fúria,
acrescentou duas desgraças a seus males:
com a mesma mão que matara seu pai,
ele se privou de seus olhos, esse bem
mais caro ao homem do que os próprios filhos.

(Antístrofe E)
Cheio de raiva, ele lançou terríveis maldições
contra seus filhos; furioso por tê-los nutrido,
desejou que a espada decidisse um dia sua partilha.
Estamos tomadas de medo de que as expeditas
Erínias já tenham dado cumprimento a essas maldições.

MENSAGEIRO
Coragem, filhos nutridos por suas mães.
Tebas vai escapar do jugo da escravidão.
Foram frustradas as ameaças desses

orgulhosos guerreiros; e a cidade
está tranquila, reencontrou a paz,
e essa nave, batida com tanta violência
pelas ondas, resistiu e não soçobrou.
Nossas muralhas resistiram, e nossas portas
foram defendidas por guerreiros competentes,
Em seis delas vencemos, mas na sétima
o venerável rei Apolo puniu a raça de Édipo.
Ele se vingou da antiga imprudência de Laio.

CORAL DAS VIRGENS

Que novo infortúnio caiu sobre a cidade?

MENSAGEIRO

A cidade está salva, mas os reis se deram a morte um ao outro.

CORAL DAS VIRGENS

O quê! O que estás dizendo? Tuas palavras nos deixam estupefatas.

MENSAGEIRO

Calma! Escutai. Os filhos de Édipo...

CORAL DAS VIRGENS

Ó desgraça! Prevemos o infortúnio que vais nos anunciar!

MENSAGEIRO

De fato, ambos caíram mortos.

CORAL DAS VIRGENS

Eles chegaram a esse ponto! Coisa horrível! Mas continua.

MENSAGEIRO

A terra bebeu o sangue derramado pelo assassinato mútuo.

CORAL DAS VIRGENS

Nada mais verdadeiro: com suas mãos fraternas se mataram um ao outro.

MENSAGEIRO

Certamente, ambos estão mortos.

CORAL DAS VIRGENS

Assim, o mesmo destino lhes estava reservado!

O MENSAGEIRO

O mesmo destino destruiu a infeliz raça de Édipo.
Devemos lamentar e alegrar-nos, porque a cidade está salva;
nossa cidade triunfa, mas seus dois chefes, seus dois príncipes,
com o ferro cita forjado a martelo, repartiram os bens paternos.
E segundo as funestas predições do pai, eles terão da vastidão
de suas terras exatamente o que for preciso para um túmulo.
A cidade está salva; mas os dois reis concebidos pelo mesmo seio
regaram, matando-se, a terra com o próprio sangue.

O CORAL DAS VIRGENS

Ó grande Zeus! E vós, deuses tutelares,

que defendestes as muralhas de Cadmo!
Devemos nos alegrar e celebrar com alegre
canto a vitória que salvou essa cidade,
ou devemos prantear tristes e infelizes príncipes,
mortos sem posteridade. Bem dignos de seus nomes,
um furor ímpio lhes ceifou a vida.

(Estrofe)

Ó triste e infalível imprecação de um pai contra seus filhos!
Um frio mortal enregelou nossos corações,
como bacantes, entoamos cantos fúnebres, ao saber
que estão mortos, os infelizes! Derramando sangue fraterno!
Aí está, pois, o fatal encontro de suas armas!

(Antístrofe)

A maldição de um pai venceu e não foi inútil.
A incredulidade de Laio, teve seu pleno efeito.
A cidade está em luto, e os oráculos dos deuses
se desmentem. Ó príncipes dignos de nossas lágrimas!
Vós, portanto, cometestes esse crime inaudito!
E esses deploráveis males não existem apenas em palavras!

Épodo[65]

Aqui está bem diante dos nossos olhos;
o relato do mensageiro é fiel.
Duplo luto, dupla vítima de um homicídio mútuo,
dupla punição ultrapassa a medida! Que direi?...
senão que, nessa família, desgraça sucede desgraça?

---

(65) Nas tragédias gregas, épodo era uma parte lírica da peça que os corais cantavam depois de estrofes e antístrofes. (N.T.)

Vamos, amigas queridas, o vento das lágrimas sopra,
agitai as mãos em volta da cabeça e imitai o rumoroso
movimento dos remos que, no Aqueronte[66] impelem
a Teorida[67] de velas negras para essas regiões
que jamais nem Apolo nem o dia visitam,
para esse sombrio abismo para onde
são levados todos os mortais.
Mas eis que aqui estão Antígona e Ismênia;
elas vêm cumprir esse triste dever: prantear seus irmãos.
Ah! sem dúvida, de seus seios delicados
vão aflorar queixosos e muito justos suspiros.
Mas é apropriado que cantemos tristemente
diante delas o dissonante hino das Erínias,
e o odioso paian[68][37] de Hades.
Oh! nós gememos e não fingimos nossa dor;
nossos gritos partem do fundo de nossos corações.

PRIMEIRA METADE DO CORAL

Ai! Insensatos! Surdos aos conselhos de vossos amigos!
Artesãos infatigáveis de males! Perdestes para a espada
a herança paterna, seus infelizes!

SEGUNDA METADE DO CORAL

Infelizes! Sem dúvida, aqueles que por sua desgraça
Encontraram uma morte que perde suas famílias!

---

(66) Aqueronte, rio mitológico, que corria e desembocava no Hades ou nos infernos, para onde as almas dos mortos eram levadas de barco. (N.T.)

(67) Teorida era o nome da embarcação que carregava as almas dos mortos para o Hades, o sombrio mundo do além, singrando as águas do rio Aqueronte. (N.T.)

(68) Na antiguidade clássica, paian ou paiã era um canto (ou também um poema) que expressava triunfo ou agradecimento, geralmente executado por um coral. (N.T.)

PRIMEIRA METADE DO CORAL

    Ai, ai! Destruidores de vossos lares,
    divididos por um trono funesto,
    o ferro vos reconciliou, enfim.

SEGUNDA METADE DO CORAL

    As terríveis Erínias escutaram e atenderam os desejos de vosso pai.

PRIMEIRA METADE DO CORAL

    Ambos de coração traspassado...

SEGUNDA METADE DO CORAL

    Sim, traspassados... e pela mão de um irmão.

PRIMEIRA METADE DO CORAL

    Ai, ai! Infelizes! Maldições e imprecações
    que clamavam por esse fratricídio!

SEGUNDA METADE DO CORAL

    Que golpe profundo!...

PRIMEIRA METADE DO CORAL

    Golpe mortal para eles e para sua raça.

SEGUNDA METADE DO CORAL

    Furor inaudito! Discórdia fatal, efeito da maldição de um pai!

O CORAL DAS VIRGENS

Aqui tudo geme por causa de sua sorte,
essa cidade, essas muralhas, essa terra que os amava.
Outros herdarão seus bens, esses bens, ai!
Que causaram a briga desses desafortunados,
que causaram sua morte.
Eles próprios, em seu furor, dividiram suas posses;
e sua parte é igual, mas seu conciliador, Ares,
não está isento de recriminação:
ele mergulha seus amigos no luto.

PRIMEIRA METADE DO CORAL

Aí estão eles, como a espada os deixou!

SEGUNDA METADE DO CORAL

Sim, a mesma espada vai cavar... o quê?...
Uma parte do túmulo do pai deles.

PRIMEIRA METADE DO CORAL

O eco do palácio os acompanha, lamento
dilacerante, gemido sincero, dor sentida,
triste, inconsolável, soluço partido
verdadeiramente do fundo do coração
que se derrete à vista desses dois príncipes.
Deve-se dizer também que os dois foram
culpados em relação a seus concidadãos
e a esses numerosos estrangeiros
mortos por causa deles no combate.

SEGUNDA METADE DO CORAL

Infeliz aquela que os deu à luz, entre todas
as mulheres que foram chamadas mães!
Esposa do próprio filho, ela lhe deu esses filhos
que assim se mataram um ao outro
com suas mãos fraternas.

ISMÊNIA

Sim, com suas mãos fraternas, incitados
ao assassinato para resolver uma furiosa briga
por causa de uma odiosa partilha.
Mas seu ódio já não existe. Na terra encharcada
de mortandade, seu sangue se confundiu:
hoje, certamente, eles são do mesmo sangue.

CORAL DAS VIRGENS

O cruel árbitro de seus embates é o hóspede
de além-mar, o ferro afiado, forjado no fogo.
O odioso distribuidor de seus bens é o feroz Ares,
cumprindo assim o desejo do pai.

ANTÍGONA

Ai! infelizes! Cada um deles nessa partilha
tem a parte dos males que lhes reservou Zeus.
Jazendo em seus túmulos agora,
um abismo sem fim será seu latifúndio.

ISMÊNIA

Casa fecunda de desgraças! Enfim as fúrias

das imprecações entoaram o canto do triunfo,
vendo essa raça inteira desaparecer diante delas.
O troféu está às portas, onde se bateram
os dois irmãos e, vencedor dos dois,
o destino se acalmou.

ANTÍGONA

Tu, ao recebê-lo, desse o golpe mortal.

ISMÊNIA

E tu, ao dá-lo, o recebeste.

ANTÍGONA

Tu mataste com a lança!

ISMÊNIA

E tu morreste pela lança.

ANTÍGONA

Infeliz na vitória.

ISMÊNIA

Infeliz na derrota.

ANTÍGONA

Corram, meus prantos.

ISMÊNIA

Corram, minhas lágrimas.

ANTÍGONA

Aquele que matou cairá por primeiro.

ISMÊNIA

Ai, ai de mim!

ANTÍGONA

Minha alma se desespera de dor!

ISMÊNIA

Meu coração geme profundamente.

ANTÍGONA

Ó irmão, digno de todas as nossas lágrimas.

ISMÊNIA

E tu igualmente, ó infeliz!

ANTÍGONA

A mão mais cara te deu a morte.

ISMÊNIA

Tu traspassaste o coração mais caro.

ANTÍGONA

Dupla desgraça para dizer!

ISMÊNIA

Dupla desgraça para ver!

ANTÍGONA

Essas desgraças nos tocam bem de perto.

ISMÊNIA

Irmãos e irmãs, eis-nos todos reunidos.

CORAL DAS VIRGENS

Ó *Moira* inflexível, triste dispensadora dos males.
Temível sombra de Édipo, negra Erínia,
certamente teu poder é grande!

ANTÍGONA

Ai! Ai!

ISMÊNIA

(Olhando para Polinice)
Pavoroso espetáculo que ele me deu ao voltar do exílio!

ANTÍGONA

Ele não escapou, embora tenha matado seu adversário!

ISMÊNIA

Vencedor, ele perdeu a vida!

ANTÍGONA

Certamente, ele a perdeu.

ISMÊNIA

Mas ele tirou a de seu irmão.

ANTÍGONA

Raça desafortunada!

ISMÊNIA

Raça cumulada de males deploráveis!

ANTÍGONA

Fonte inesgotável de desgraças!

ISMÊNIA

Espantoso a dizer.

ANTÍGONA

Assustador só de ver.

CORAL DAS VIRGENS

Ó *Moira*, triste dispensadora dos males!
Temível sombra de Édipo, negra Erínia,
certamente, vosso poder é muito grande!

ISMÊNIA

(voltando-se para Polinice)
Tu acabaste de conhecê-lo em teu retorno.

ANTÍGONA

(voltando-se para Etéocles)
E tu, praticamente não chegaste a reconhecê-lo.

ISMÊNIA

Quando entraste novamente em Tebas.

ANTÍGONA

Quando te armaste contra ele...

ISMÊNIA

Coisa pavorosa só de dizer!

ANTÍGONA

Coisa pavorosa só de ver!

ISMÊNIA

Ó sofrimento!

ANTÍGONA

Ó desgraça para essa casa!

ISMÊNIA

E para essa terra e para mim, acima de tudo!

ANTÍGONA

Ai! Ai! E mais ainda para mim!

ISMÊNIA

Ó Etéocles! Primeiro autor desses males deploráveis!

ANTÍGONA

Ó os mais infelizes dos homens!

ISMÊNIA

Cegados por um furor criminoso!

ANTÍGONA

Em que lugar dessa terra os sepultaremos?

ISMÊNIA

No local mais honroso.

ANTÍGONA

Ai! Ai! Que sejam enterrados perto do pai.

ARAUTO

Devo anunciar-vos o que os chefes do povo
dessa cidade de Cadmo decidiram e decretaram.
Agrada-lhes que Etéocles, por causa de seu amor
pela pátria, seja sepultado com honras nessa terra,
pois ele perdeu a vida enquanto repelia os inimigos.
Puro e sem crimes aos olhos dos deuses de seus pais,
ele caiu onde é belo que os jovens heróis caiam.
Isso é o que me foi ordenado vos anunciar.
Mas para seu irmão, para Polinice, que, se os deuses
não tivessem retido seu braço, teria saqueado a cidade,
seu cadáver sem sepultura deve ser pasto dos cães:
sua morte não poderia lavá-lo do sacrilégio
de que se manchou diante dos deuses de sua pátria,
ao conduzir contra ela um exército estrangeiro.
Entregue sem honras às aves do céu, é delas
que ele receberá a sepultura de que é digno:
será privado de todas as homenagens: túmulo,
cantos fúnebres, derradeiros cuidados
oferecidos aos mortos por mãos amigas.
Essa é a sentença do conselho da cidade de Cadmo.

ANTÍGONA

E eu, porém, declaro aos chefes da cidade de Tebas:
Se ninguém quiser me ajudar a sepultá-lo,
eu mesma o sepultarei, sozinha; para enterrar
meu irmão, enfrentarei todos os perigos
e não terei medo de desobedecer às leis da cidade.
É um laço poderoso que nos legaram
essas entranhas em que recebemos a vida
de uma mãe infeliz e de um pai desafortunado.
Compartilha, pois, ó minha alma! Compartilha
de bom grado sua desgraça involuntária;
une-te viva à ele morto, como uma irmã fiel.
Não, lobos famintos não devorarão suas carnes;
que ninguém pense nisso... Sou uma simples
mulher, mas eu sei como lhe cavar um túmulo;
para essa cova o carregarei em meus braços,
envolto em véus de linho, que ninguém duvide...
Fica tranquilo; não me faltarão coragem nem força.

ARAUTO

Advirto-te para não agir contra a vontade dos cidadãos.

ANTÍGONA

Eu te advirto para não me dar ordens inúteis.

ARAUTO

Um povo que acabou de escapar da ruína é violento.

ANTÍGONA

Violento ou não, meu irmão não ficará sem sepultura.

ARAUTO

Mas aquele que Tebas odeia, tu o queres honrar com um túmulo?

ANTÍGONA

Há muito tempo que os deuses o deixam sem honras.

ARAUTO

Não, pelo menos, antes que ele tivesse posto essa terra em perigo.

ANTÍGONA

Maltratado, ele retribuiu mal com mal.

ARAUTO

Mas em lugar de atacar um só homem, ele nos atacou a todos.

ANTÍGONA

Na disputa entre os deuses, cala-se o último.
Eu sepultarei meu irmão. Abreviemos essa discussão.

ARAUTO

Segue, pois, tua vontade. Mas tenha presente que eu te proibi.

CORAL DAS VIRGENS

Ai, ai! Ó ameaçadoras Erínias,

flagelos destruidores das famílias,
vós que arruinastes a raça inteira de Édipo!
O que vai acontecer? O que fazer? A que me deter?
(a Polinice)
Como poderíamos te recusar prantos
e não te acompanhar ao túmulo?
Mas o medo do povo nos intimida e nos detém.
(a Etéocles)
A ti, uma multidão em luto vai te seguir;
E para esse infeliz, seu único tributo serão
as lágrimas de uma irmã. Quem pode consentir?

PRIMEIRA METADE DO CORAL

Quer Tebas puna ou não os que choram Polinice,
nós iremos e ajudaremos a dar-lhe sepultura!
Além do mais, seu nascimento lhe dá
igualmente direito a nossos prantos.
Muitas vezes o povo oscila nas normas de justiça.

SEGUNDA METADE DO CORAL

Nós seguiremos Etéocles, como a cidade e a justiça
juntas o desejam, porque depois dos imortais,
depois do poderoso Zeus, foi ele sobretudo
que preservou a cidade dos tebanos da ruína;
foi ele que repeliu a onda de estrangeiros
que estavam prestes a destruí-la.

(Apêndice)

PRIMEIRA METADE DO CORAL

>Nós, de nossa parte, iremos e o sepultaremos com ela,
>nós a acompanharemos. De fato, essa dor
>é comum à sua raça e a cidade louva as coisas
>justas ora de uma maneira, ora de outra.

SEGUNDA METADE DO CORAL

>Nós, de nossa parte, iremos com esse,
>como o louvam em acordo a cidade e a justiça,
>porque depois dos deuses e do poder de Zeus,
>esse foi o que mais impediu que a cidade
>de Cadmo fosse derrotada e submersa
>por uma onda de homens estrangeiros.

Impressão e Acabamento
Gráfica Oceano